风景与画境

伍立杨 著

四川人民出版社

图书在版编目（CIP）数据

风景与画境/伍立杨著. — 成都：四川人民出版社，2025.1
ISBN 978-7-220-13605-4

Ⅰ.①风… Ⅱ.①伍… Ⅲ.①散文集—中国—当代 Ⅳ.①I267

中国国家版本馆CIP数据核字（2024）第070504号

FENGJING YU HUAJING
风景与画境

伍立杨　著

出 版 人	黄立新
策划组稿	最近文化
责任编辑	程　川　彭　炜
装帧设计	李其飞
封面题字	一壶山人
藏书票设计	崔文川
责任印制	祝　健
出版发行	四川人民出版社（成都市三色路238号）
网　　址	http://www.scpph.com
E-mail	scrmcbs@sina.com
新浪微博	@四川人民出版社
微信公众号	四川人民出版社
发行部业务电话	（028）86361653　86361656
防盗版举报电话	（028）86361653
印　　刷	成都市东辰印艺科技有限公司
成品尺寸	170mm×210mm
印　　张	17.25
字　　数	200千
版　　次	2025年1月第1版
印　　次	2025年1月第1次印刷
书　　号	ISBN 978-7-220-13605-4
定　　价	89.00元

■版权所有·侵权必究

本书若出现质量问题，请与我社发行部联系更换
电话：（028）86361656

目录

〇〇一	蜀道古今谈
〇一六	一片天籁聆玄机
	——读《一壶山人墨迹》
〇二四	读《正体字回家》
〇三二	山有半仄　文涵奇峰
	——刘云泉先生的书、画、文
〇五〇	胸罗丘壑凭吞吐
	——一壶先生新著序言
〇六六	时间深处的追索与探寻
	——黄政钢《米仓道》序
〇七〇	青田石小记
〇七二	凤凰阁赋

○七四　海涵地负：美与力的大手笔
　　　　——洪厚甜《净堂艺迹》书后

○八四　追寻美的历程
　　　　——周明安画风观察

○九二　匠心独运的诗歌精神版图
　　　　——《刘道平诗词选》诗艺初探

一一○　时间深处的生命心影
　　　　——雍也《回望诗经》书感

一一七　艺术与自然的深沉美学礼赞
　　　　——画家宋光明先生和他的艺术追寻

一二四　时光深处的探寻
　　　　——"第四届印道·中国篆刻艺术双年展"拓本序

一二六　深远朗秀的皇皇大美
　　　　——读曾杲银印作品专集《旧时月色》

一三二　深沉感情朴茂光彩
　　　　——读《巨擘传世——近现代中国画大家陈子庄》

一三六　淡烟疏雨忆罗依
　　　　——九寨沟县行记

一四一　往事如烟
　　　　——赏味《郑逸梅文稿》

一四四　闲暇三昧

一四七　写景的忧郁

一五〇　文学史：在泛滥中怀旧
　　　　——以《萧山来氏中国文学史稿》为例

一五五　文人书法杂说

一五七　苏轼逸文多妙语

一六〇　奇美之境
　　　　——谈流行书风

一六三　民国篆刻说略

一六六　生机盎然的草木精神
　　　　——感受《南方草木状》

一七〇　慢速度的风月观览

一七四　刻刀下的自在

一七七　报纸和文言

一八〇　繁体字和简体字优劣之辨析

一八七　方志的文笔之美

一九一　用文字启住美和自由的闸门
　　　　——傅增湘《藏园游记》印象

一九六　辩证读古书

一九八　识字难易说略

二〇〇　茶道之道

二〇四　东风吹着便成春
　　　　——观陈志才先生画作感言

二一三	致敬大地山川
	——何兆明先生画展序
二一六	美的历险
	——读黄永厚先生新作
二二〇	集藏的眼光与智慧
	——《集古斋·徐启彬书画典藏集》
二二三	王道义印风浅识
二二八	凌云西岸古嘉州
	——名家美术书法作品展序
二三一	时间深处的情感叙事
	——读吕峥《寻找诗婢家》
二三五	书法妙喻之别笺
二三八	《印道》发刊词
二四〇	印章凝结风雨情怀
二四二	时间和地理的深沉咏叹
	——张剑先生及其画作论析
二五二	大地灵魂的深沉喟叹
	——牛放诗集《诗藏》解读
二五六	赵彬的山水画
二五九	河山烟云自供养
	——伍立杨先生画作初评
二六六	代后记：伍立杨的山水缘

蜀道古今谈

噫吁嚱，危乎高哉！蜀道之难，难于上青天——托伟大的天才诗人李白为家乡做的这则广告，蜀道成为几千年来中国的一道文化风景。关于蜀道，人们容易记起的最早、最著名的故事，应该是汉高祖刘邦的"明修栈道，暗度陈仓"，所谓"栈道"也即蜀道，是指在悬崖峭壁的险要地方凿孔支架，铺上木板而建成的通道，可以行军、运输粮草辎重，也可供马帮商旅通行；最近一次关于蜀道的记载可能没有多少人注意，2017年12月6日开通运营的西成高铁，自西安向南穿越关中平原、秦岭山脉、汉中平原、巴山山脉进入四川盆地，与成绵乐城际铁路相连，接入成都东站。——本文则思接古今，笔运千里，用文字为蜀道描绘出一幅历史文化图卷。（以上系《中国青年报》刊发时所写的编者按）

蜀道难行，自古而然，由于李白名作的夸饰、放大，成为确凿不移的一种形容，进而腾于众口。不仅道路，举凡世间难办、难行之事，皆以其文句形容之。

古诗中的蜀道，以李白《蜀道难》最为著名："噫吁嚱，危乎高哉！蜀道之难，难于上青天！蚕丛及鱼凫，开国何茫然。尔来四万八千岁，不与秦塞通人烟。西当太白有鸟道，可以横绝峨眉巅。地崩山摧壮士死，然后天梯石栈相钩连……"后世如汪元量："蜀道难行高接天，秦关勒马望西川。峨眉崒嵂知何处，剑阁崔巍若箇边。"陆游"千峰庐山锦绣谷，一水蜀道玻璃江""敢言日与长安远，惟恨天如蜀道难"，李贺"蜀道秋深云满林，湘江半夜龙惊起"，皆承其旨绪，而加以运用发挥。

通常意义上的古蜀道，乃是指自成都起，一路向北，经广汉、绵阳、梓潼，翻越被称为蜀门锁钥的大小剑山，经广元而出川，在陕西褒城向左调整，之后沿褒河过石门，穿越秦岭，出斜谷，直通八百里秦川，全长一千余公里。在四川境内则南起成都，北止于广元七盘关，全长约四百五十公里。

这条古道即旧时出入巴蜀的官道，其既是连通中原与西南地区文化经济的枢纽，也是一条物资流通的要道，又称为金牛道。

司马错是秦惠文王的幕僚。此前，川陕之间尚无道路可通。司马错谋划秦惠文王攻蜀。崇山峻岭，车马生畏。司马错抛出一计：打凿五条石牛，放在交界处，每条牛尾之下拴上一两节金块，同时大肆宣传，说是天下出了屙金子的牛只，就在某个特定的地方。蜀王财迷心窍，于是征集大量壮丁，由剑阁向北，披荆斩棘，修凿栈道，直逼秦边。路道修成，人已疲乏不堪，秦兵以逸待劳，借其新道，直扑成都。秦诈蜀愚，这个谋士可真够损。然而损的真损，蠢的照蠢不误。

这条从陕西勉县至四川剑门的古驿道后来被称作金牛道，至今仍有遗迹可寻。

秦汉时期的古蜀道，如广元千佛岩附近路段，至今保存完好，以大青石条铺之，路面宽阔，质地坚实，另在今之剑阁县境内的数十里翠云廊，路面完好牢固，畅达可行，拐弯或上下坡连接处多符合力学原理，处处可见古人的巧思，更可见其伟力、智慧，差不多可以称之为当时的高速公路。道旁古柏森森，栽种历史多为一两千年。以此观之，李白笔下难免故意夸张，至少如是路段与李白笔下的险绝蜀道关涉不大。不过李白的夸饰当然也并非毫无来由，他的铺陈形容应是指涉山体、栈道与河流交界处的那一部分蜀道。

自秦汉以来，范成大、陆游出入巴蜀的古道，一直到晚清时期，机械、火轮出现以前的川内路道，包括作为枢纽的官道以及各地民众修筑的毛细血管一样的简易道路，均属古蜀道。抗战前后，川内所筑造的道路，则可称为新蜀道。而改革开放以后所修筑的道路，则令蜀道产生了质变。

当年范成大由江苏到广西赴任，动身之际，低回不忍遽去，发出"夜登垂虹，霜月满江，船不忍发，送者亦忘归，遂泊桥下"的感叹。而由广西转成都任职，取道广西西北，进湖南，上湖北，转重庆，入四川，走了足足半年之久，不全是路途遥远，更确凿的原因是一路风月无边，一种前定般的牵挽令其时作勾留。从江苏到广西，从成都回江苏，范成大都写有趣味盎然的小册子记述行路的经历见闻，分别是《骖鸾录》和《吴船录》。而由广西到成都，更有专著《桂海虞衡志》，前二者以行路经历为主线，后者则以分类详细的风物为参证。

结束成都的任期后，范成大选择以水路为归程返回故乡苏州。他由成都合江亭起舟，绕行彭山、郫县，至都江堰游青城山，然后又在新津上船，经乐山、忠县、丰都，进入三峡，从这里再一路东

▲ 伍立杨 · 《江山清流》

行。其间几乎在每一个地方都泊舟上岸，考察当地的人文地理。整个行程耗时近半年之久。

在峨眉山，他写道："山顶有泉，煮米不成饭，但碎如砂粒，万古冰雪之汁，不能熟物，余前知之，自山下携水一缶来，财自足也。"

到了涪陵，他移舟黔江停泊，说金沙江大水怒涨，水色黄浊，黔江却清冽如玻璃，水底的石板都看得清清楚楚；居民系有"华人、巴人、廪君，还有盘瓠之种"；物产则以荔枝最著名。川东的地理征候给他的印象显然很深刻。

随后范成大从涪陵出发，过了又长又险的群猪滩，到了隶属忠州的丰都县。丰都不仅有阴君丹炉及两君的祠堂，还存有隋朝的壁画，颇有奇笔，"非若近世绘仙圣者一切为靡曼之状也"。此外，他还参观了县郊的道观，满山都是森森古柏，其大数围，相传为阴君手种。

下一站万县，市井萧条。过开江口，到了夔州，地理的恶劣又令他感叹不已。"峡江水性大恶，饮辄生瘿"，范成大以前上任时曾路过过，有婢女喝了江水，几天后发热，颈项脓肿，到了成都一个多月才慢慢消散。

瞿塘口水面尚属平静，到了滟滪滩，漩涡洄溢，水手"汗手死心，皆面无人色"。峡中两岸高岩峭壁，斧凿之痕宛然在焉。

行至巫山县，当地人说昨天刚刚退水，不然根本无法前行。于是趁水退之际下巫峡。到了神女庙，滩水汹涌，山峰奇绝而诡异，有郁怒之态，"巫峡山最嘉处，不问阴晴，常多云气，映带飘拂，不可绘画"。

总之，这一带的水路、陆路，以杜甫描写三峡白帝城的名句

"高江急峡雷霆斗，古木苍藤日月昏"来形容，最为贴切。

探索自然界的内在生命，表达文化人对自然的别样感受，与自然天籁相呼吸共命运，客观上从诸般束缚中摆脱出来，获得了新的艺术生命。仿佛多头点火系统一样，在其心灵布设由点及面的敏感记录，一番发酵长养，生成人心所掌握运用的第二自然。

陆游曾两次入川。第一次是从他家乡走水路入川，其路线与范成大出川大致相似。行进到鄂州时，有四川僧人来搭船，再往前，进入巴陵水路，"两岸皆葭苇弥望，谓之百里荒"，"彼岸深阻，虎狼出没"，这一段船行很缓慢。过了荆门，"夹江千峰万嶂，有竞起者，有独拔者，有崩欲压者，有危欲坠者，有横裂者，有直坼者……奇怪不可尽状。初冬草木青苍不凋。西望重山如阙，江出其间，则所谓下牢溪也"。

他对蜀道的感觉，在《楚城》一诗中表述得淋漓尽致："江上荒城猿鸟悲，隔江便是屈原祠。一千五百年间事，只有滩声似旧时。"这种现场感极强的感慨令人深深为之叹息。

陆游第二次入川则是从陕西南郑到成都。这一次走的是传统古蜀道，由汉中向南，经广元、剑门、江油、绵阳，再向成都进发。由东向西入川是乘船，这一次由北向南入川却是骑驴。《剑门道中遇微雨》："衣上征尘杂酒痕，远游无处不销魂。此身合是诗人未？细雨骑驴入剑门。"此诗即是此行所作。

同样的，晚清时期，俞平伯之父俞陛云来川任乡试副考官，一路上也颇做有选择的停留，迷恋山川文章的趣味和法则，自然与心灵休戚相关，在他笔下，大自然的奇迹不啻生命意志的转型再现。

彼时虽然已是1902年，其所行道路在时间上较古代相去已远，但在地理上却相差无几，所采用的仍是乘坐人力轿子与走路的方法。后来他将沿途的人文地理写成《入蜀驿程记》和《蜀輶诗记》，后者"集诗文并茂，情景交融，山水之灵遂显"（陈从周《〈蜀輶诗记〉序》）。

俞陛云由北京启程西行，经冀进晋，折向南穿晋中、晋南，再向西入陕，然后南下入川。

如就大处而言，他的路线连缀着几个省市的大城市，但细致观之，一路经过不少小镇，南北对比，气候地理特征鲜明，但是因十里八里这样一站一站走过，过渡则相当自然、融洽。他对小镇的描写，或详或略，无不趣味盎然。

到了关中，再往前，就是有名的大散关和连云栈道。山路栈道，蛛丝马迹，袅云根儿直上，石壁上刻着：陕南天险。从这里起山路越来越陡峭，到了煎茶坪，山上水流东入渭水，西入嘉陵江，俞先生坐在一个苔石上小憩，有山民在这里制作小木盆兜售，他"购其一以为纪念"。

过了宁羌州就进入四川广元县境，川督奎乐峰（即奎俊）派员来迎接，俞先生在此又走了两天才到广元县城。其间，在途中的望云驿吃饭。他在路边折下几枝栀子花插在瓶子中，这一带"杂花遍地，栀子最香，槿花最艳，途中拣石子，异色咸备。洞穴中偶见黄色貂，如松鼠而大，见人驰去"。

到了须家河的时候，他记述这里产煤，路边村旁到处堆积，这里的人告诉他，山上有很多煤炭，假如运输到远处销售，利润丰厚。又走了十几里，到了千佛岩，遥望前山五色照眼，他很惊讶，走近看，全山密布雕凿的佛像，尺许至数丈不等。令人欣慰的是，俞先生笔下的这段千佛岩下的古驿道目前尚保存完好。

离开广元时，穿城而过，然后就住在剑州驿。剑州柏木极多，美荫奇姿，素有翠云廊之称。这里山峰嶙嶙若梳齿，剑门称七十二峰，实则不啻十倍，杜甫诗云"两行秦树直，万点蜀山尖"，实乃点睛之笔。

从剑州出发，他在板桥铺外见到潼水桥，广约五丈，长数十丈。这里山路皆石板，荡平如砥，浓荫蔽冈，迥异于太行山中狰狞可怖的土埠。这是南北地理、南北古道的明显差别。

到了绵州，村村可闻春稻子的声音，这一带山势益开，"极目平冈数十里"，为行旅方便，凡是泽畔田间，峰腰岭脚，悉以石板横铺。过了鸡鸣桥就进入罗江县，从罗江到德阳，只见千里膏腴，青苍无际。过了德阳，奎俊派遣军队二营来接他，这一带的道路相当宽阔平坦。

抗战前期，也即所谓的黄金十年，公路建设得到长足开拓。抗战中大名鼎鼎的滇缅公路便与新蜀道直接相关。

1938年10月，广州沦陷，中国由华南接受外援的交通线被切断。不久，日寇又在越南海防登陆，切断了我国最为重要的国际通道滇越铁路。于是，物资运输便主要仰赖滇缅公路。

近年常见"驴友"自驾，穿越滇缅公路，然后写文章发在博客或报刊，他们大都犯了一个似是而非的地理错误，那就是炫耀其经过滇缅公路的二十四道拐。二十四道拐险峻独特，成为抗战公路的象征性标志，但它在贵州晴隆县境内，并不属于滇缅公路，而是属于史迪威公路，不少网友经常将这两条公路混为一谈。

滇缅公路的零公里起点位于今昆明汽车客运西站，中国境内由畹町出境，外接缅甸境内公路，一直到腊戍。

1943年秋，中国驻印军（即第二期中国远征军）策划与美式配备的滇西精锐部队夹击日军的大反攻，从大战略着眼也需开辟一条从印度通往中国的道路。于是在前后近三年的时间里，盟军又修筑了中印公路，即史迪威公路。它以印度东北部边境小镇雷多为起点，至缅甸密支那后分成南北两线，南线经缅甸八莫、南坎至中国畹町；北线经过缅甸甘拜地，通过中国猴桥口岸，经腾冲至龙陵，两线最终都与滇缅公路相接。再经过昆明，向东经过贵州盘县、晴隆、贵阳、遵义等城镇，直到重庆。1944年秋，中国军队在滇西和缅北大反攻胜利后，史迪威公路全线通车，其在枪林弹雨中为中国抗日战场运送了五万多吨急需物资，被称为抗日生命线。

史迪威公路抢通后，与原有的滇缅公路连接贯通，也可说是将滇缅公路完全覆盖。所以一般网友作文的误会就在这里。实际上滇缅公路的零公里处，既是起点，也是终点。而二十四道拐已远离滇缅公路的起点数百里，当然，勉强将二十四道拐视为在滇缅公路的延长线上，也是说得过去的。而从贵州进入重庆境内的这段公路，即可称之为新蜀道，也即它是在滇缅公路的延长线上。当时公路标准按宽度分为三等，即七米、九米、十二米。滇缅公路为九米，属于中等，抗战中又加铺石子。

抗战时期，西南三省的公路上缓慢穿梭着大量货运汽车，从抗战爆发到1942年，仅滇缅公路抢运回国的汽车就有一万三千多辆。全盛时期，西南运输处有团一级的运输大队十多个，拥有汽车将近一万辆。另外还有政府单位的数千辆卡车，以及大大小小的私家运输单位。当时昆明及滇缅公路沿线还有很多地方势力组建的私人运输公司，车辆多为福特、道奇、雪佛兰等美国牌子，所运货物包括棉纱、药品、汽车零配件，以及布匹、洋火、烟草等日用品。运输场面热络紧张，运力在三吨到五吨之间。

将蜀道艺术化、美学化，李白的《蜀道难》功不可没。他那支气吞云梦的雄才椽笔，将蜀道的气味与形神描绘得淋漓尽致而又恍兮惚兮，读之使人着魔般不能自持。笔者少年时读到该诗，即为其文字的鬼斧神工所攫住。

魏晋以后，山水诗文滋润发达，近古以降，山水画为艺术正宗，自然界的风景由此得到先天般的重视，而不是一种临时的抚慰。大抵宋代以后，山水画已完全独立，蔚为大观，但因文人的主流，山水之癖好逐渐发展成类乎宗教的东西，成为社会冲突矛盾的避难所。同时，山水诗的数量也远远超乎他类诗歌。

徐霞客的地理考察记录发现了过去没人记载过的地理现象，历经沧桑岁月而不稍衰，也因其背景是不可救药的山水之好。这部宝贵的古代地理学文献，我辈醉入其中，阅读此书跟古人直接醉卧自然是一样的感觉，一样的心曲。他游览到云南的时候，来到大江深崖边，"有一二家频江而居，山为夙雾所笼，水势正湍而急。延吐烟云，实为胜地。恨不留被毵于此，依崖而卧明月也"，多深的感慨和留恋啊。

在艺术题材上，山水画中的行旅图可以说蔚为大观，诸如"秋山行旅图""关山行旅图""溪山行旅图""蜀山行旅图"，不一而足，其中"蜀山行旅图"尤为明清以降画家所喜爱，仇英、顾颐、吴石仙、马骀、马毓章、白宗魏、吴淑娟、黄宾虹、张大千……皆嗜作"蜀山行旅图"，有的大画家反复咀嚼，仅蜀山行旅

伍立杨·《种豆南山下》

这一题材即作有数十幅之多。

"蜀山行旅图"是古代和近现代画家以绘画的形式对蜀道的描摹、领会、解读，蜀山行旅，蜀道为其笔下之重要表现，加之周边的烟云村落、峰峦林壑、屋宇舟车、溪桥人物均应物象形之至。图中云霞变幻，风雨晦明，无不渲染入微，群山起伏、层林尽染、烟波浩渺，景象壮阔。诸位名家的画面处理，均见冈峦稠复，涧谷幽阻，而这正是古蜀道的典型地貌。

西南山水的大气恢宏、连绵精深，使他们的作品在精致又不失淋漓、丰富又不失浑然、多变又不失统一、重意味又不失整体的前提下，获得了新的艺术生机。以水墨渲染构成整体气势，造成烟锁云断的天籁图景，仿佛满纸生风，气息流贯。作品充满远大恢宏的视觉效果，而山水树木、村落溪流等则被意象化，强调的既是逼近真实的再现，更是从写意出发的意象表现，造化的气质自然而然流贯其中。

这些状写蜀山行旅的作品，行笔用墨乃至皴法技巧或有不同，但对万山深处蜀道的理解则有相似相近的认知。20世纪30年代黄宾虹来川讲学，居留一年有余，其间因对元画中"以屋宇林壑层峦迭嶂胜"的巴蜀山水神往已久，故而经行川中古道，兴味始终不稍衰。他有诗记载青城古道遇雨："泼墨山前远近峰，米家难点万千重。青城坐雨乾坤大，入蜀方知画意浓。"这般浓郁的画意，大抵就在古蜀道聚焦。在黄宾虹先生笔下，蜀道时空里具体自然生命的景象显然不只是大师的炫技，用这样的方式，澄怀观化，静参内美，从而构筑起自己的心源，也即与造化同构的意象系统。沉着雄健中保有流转激荡的畅美，磅礴流丽，意味尤不可穷极。

而另外一种蜀道，则像毛细血管一样紧紧附着于大自然身体上，铺设在巴蜀边远之区，其中尤以近年来声名大噪的悬崖村最为典型。

悬崖村的路，似不在李白等诗人的视野之内。如其见之，难以猜测他会以何种笔墨来加以形容描摹。

悬崖村真名是阿土列尔村，隶属昭觉县支尔莫乡，其所处位置虽然海拔不高，在一千五百米左右，然自河谷地带攀爬至村子所在，其间绝对高度近千米。现在虽然修筑了千余级钢梯，仍属畏途巉岩不可攀。近期笔者曾前往该处访问逗留。虽然此时已有坚固钢梯，却仍然险绝不可方物，除去近乎九十度垂直的千余级钢梯，尚有前后崎岖陡峭的羊肠小道，上下将近七个小时，加上逗留访问的时间，黎明即起，傍晚方回。

自山顶或山腰处俯视，但见万丈深渊，壁立千仞，爬至一半，天风浩荡，如万马奔腾，倏忽地气下降，寒意逼人。极目峡底，云雾缭绕，涌起变幻，令人不免头晕目眩。以前的道路即在钢梯覆盖之下，或以钢绳，或以藤条编织结裹，以供攀缘，若非亲历，殊不敢想象。榛莽荆棘丛中，恍惚间万怪惶惑，悬崿摩空，万象森然。山体细流甚夥，然因万丈深渊，故使水汽霏微，化为游丝轻霭，终于飘坠于无何有之乡。

如是这般险绝的道路，较之古人所描绘的蜀道，难道不是一种普遍而又特殊的蜀道吗？但因地埋的僻远隔绝，尚不在古人的视野中出现，更不要说加以艺术的呈现描绘。

李白《蜀道难》所云："青泥何盘盘，百步九折萦岩峦。扪参历井仰胁息，以手抚膺坐长叹。问君西游何时还？畏途巉岩不可攀。但见悲鸟号古木,雄飞雌从绕林间……连峰去天不盈尺,枯松倒挂倚绝壁。飞湍瀑流争喧豗,砯崖转石万壑雷。其险也如此,嗟尔远道之人胡为乎来哉!"似乎就是为这样的道路量身定做的,将其移来形容悬崖村的道路,没有比它更为贴切的了。

此间居民,自言先世避战乱兵燹,迁居于此,历二百余载也。

所谓悬崖村,似乎已经是特指。其实除了这个特指的悬崖村,凉山州境内尚有数百个类似的悬崖村。假如说每个村子都修筑一条公路,弃置以前的猿路鸟道,则除去高昂成本,还将造成严重的生态破坏。有专家认为,昭觉的悬崖村土地肥沃,出产丰饶,他们收获时的成就感也许能胜过他们攀爬的劳苦。村民们祖祖辈辈扎根于此,他们的生活状态与精神状态外人无法想象和评估。倘若将天梯修得更扎实一点,保持村庄现状,悬崖村又何尝不能成为中国乡村保护的一个样本呢。至于村民是否愿意搬迁,可能更多的应该是一种引导而非强求,一个民族自身的觉醒意识或许比外界的鼓励更有力量。笔者曾见过当地的年轻人在悬崖村的道路上行走自如,身轻如燕,有一个年轻人甚至一边行走一边玩手机,其步履之从容,令人称奇也令人艳羡不已。

类似悬崖村这样的蜀道在前人笔下是不是全无呈现呢?倒也不尽然。西南联大教授曾昭抡先生的田野考察名作《滇康道上》即是深入不毛之地,记载僻远之乡自然、社会的一本大书。曾先生率队自昆明出发,向北渡金沙江进入四川老凉山和西昌所属各县(当时这一带属西康省),对于通常不能称之为路的路,有着大量而详尽的描述。

李白的《蜀道难》认为蜀道之难难于上青天,然而,同属西南山水的黔道与滇道又如何呢？

以连接雅安与西昌的雅西高速为例，这条穿梭于崇山峻岭之间的两百多公里的高速路，被国内外专家学者公认为国内自然环境极恶劣、工程难度极大的山区高速公路之一，属于新蜀道中的杰作，因地势的险峻，被坊间誉为天梯高速、云端高速。

这条道路的修筑难度可以想象。不过就整体而言，滇、黔道路的设计、修筑，其难度不在四川道路之下，盖因四川道路的建设难度难在二个自治州，其余如成都平原、川中、川北、川东南部分地区，均以丘陵及高丘居多。

由贵州、云南合作共建的世界第一高桥——杭瑞高速贵州省毕节至都格（黔滇界）高速公路北盘江大桥2016年实现合龙，毕都高速遂得通车，该桥垂直高度近六百米，略等于二百层楼的高度，成为当之无愧的世界第一高桥。除此之外，云南还有七座世界级特大桥，如世界最大跨度客货共线铁路拱桥南盘江特大桥、世界最高悬索桥普立特大桥……

滇道、黔道的自然条件比全川整体水平更为恶劣，然而地处西南边陲、经济并不十分发达的贵州却较早实现县县通高速，与贵州相比，其他省份显然还任重而道远。

单就道路审美而言，今天的蜀道既不及滇、黔道路野逸古艳，也不如其与大自然亲近密切，后者尚不时可见古代生活的风致遗迹，令人不期然而发思古之幽情。或者换一说法，想要在现实中复原古人笔下"蜀山行旅图"的意境、样貌，反而还要到今天的滇、黔道路上去找寻。

一片天籁聆玄机

——读《一壶山人墨迹》

长夜荧烛，一灯莹莹，人在都市钢筋水泥的森林里，像一颗悄然无声息的浮沤，有惨悴之容，无欢娱之意。世俗生活的毁人，生趣的消损，是惊人的。曹寅说"驾驭气每厉，驰驱乐久无"，即感此意而发。这时候正好拜读《一壶山人墨迹》，仿佛春山雨霁，四围皆新绿香，而策杖独行，随流折步，意态闲闲。纵目读下去，那些图绘也随文字活跃起来，仿佛是在深山的更深处，虫声清越，浓翠湿衣，空山无人，水流花谢，感觉身心为山光水色所浸透。

虽置身现代，舟车之利远过古人，然于自然风景的疏离也过于古人。较之周德华先生，吾侪只好低眉长喟了。"避暑分居，荒伧无度，科头跣足，日伍村农，颇有溪山，足供游眺，唯于风清露白之夜，偶忆故人，辄不胜天各一方之感耳。"这是陈布雷写给胡寄尘的信，而这样的文字在《一壶山人墨迹》中俯拾皆是，沉浸其中，真可以不必亲临溪山了。

古嘉州的佳山胜水间有一位早就窥破十丈红尘的隐逸高士，他就是为今之艺林高山仰止的周德华先生。他像契诃夫戏剧里那个"拿上手杖、戴上礼帽""立刻就走"的军医，远离嚣尘。抄字、品画、吟诗、读印，问道笔墨；或者饮露、餐烟、坐月、披云，放逸山林。

他以余暇来对待人生和艺术，他是许由、巢父、诸葛孔明、陶渊明、陈眉公这些人精神的显影，他是今之艺林的空谷足音。

德华先生不断地走入山水深处，然而却并非不食人间烟火。读者追捧、学生追随、友朋追访，虽与其初衷相去甚远，然而，"哲人日已远，典刑在夙昔。风檐展书读，古道照颜色"，他的生活方式复活了古风古调，闪烁着人性的光芒，恰是文人精神的写照，自有一种崇高的人格魅力让人肃然起敬而欲一睹丰采。

"旧学商量加邃密，新知培养转深沉。"（朱熹《鹅湖寺和陆子寿》）德华先生有一双调和鼎鼐的妙手，融汇成博采的奇味，寻常的信息到他笔下，一经点染梳理，都成妙谛；稍加组织爬梳，尽传精神。他在水一方书屋中神驰万里，享受大自然的无边风月。

画写心。德华先生的画作，逸荡着大自然的种种天籁，或可稍许安顿他胸中潮涌着的无限沧桑感慨，在一种星连万山、云接千水的沉郁悲悯中，他似乎听到了无限苍凉的宇宙回声，其笔墨发于自然，与天籁同响。传神写照、探骊得珠的精妙抒写中，读者大可沉浸在体验精神自由而获得的审美经验之中。

清人盛大士《溪山卧游录》尝谓："作画苍莽难，荒率更难，惟荒率乃益见苍莽。所谓荒率者，非专以枯淡取胜也。勾勒皴擦，随手变化而不见痕迹，大巧若拙，能到荒率地步，才是画家本领。"德华先生正是如此，承续中国画的正脉，锤炼笔墨语言，获至一种大异时贤的审美高度，水墨淋漓，苍古沉郁，浑厚有力，老辣恢宏而兼灵秀温润，笔墨气势逼人，烘托出一种高洁、古拙、雄奇的特质。在用笔上，尤有一种自家心法与长期摸索之发明，其所建立的高度、技术与境界，为坊间所谓专业画手绝难企及。小品悠远，大画滂湃。一切从表现物象的神韵出发，泼墨、拖笔、勾皴、点染，控制在一种综合通盘的考量运用之中，物象既呈万类霜天竞自由的动态之美，又有一种静默之气渗透其间，可谓曲折迂回，动静结合，虚实相生，画面层次异常丰富。

徐复观先生推崇中国画的静观精神，说是起到一种超越作用。这种方法可称为守，但也足以同工业社会对人的心灵摩擦相抗衡，进而培养自己的精神境界，使情趣、意趣、谐趣同时生发，造成美趣的蔓生，则围城可解；即使不可解，也可自给自足，不至败灭。多种对立的统一在一壶山人周德华先生的笔下融汇，笔墨苍古，凝练老辣，而且大气磅礴，雄浑奇崛，却又野逸超然，简中寓繁。画面上万花为春、杂俎成锦，水气淋漓、生意浩沛，气质深不可测。境界的深蔚最能融洽远游的愿望，人的气质到最后和画的气质是一回事，是一物的两面。古人说好画的标准是逼真如真山水，又说美景之美是如画，像画中的极品一样。从中不难看出人的价值判断，甚至人心的滋生寄托。

德华先生在当世受到高山仰止的尊崇，固然源于他超凡脱俗的人格感召力，但也与他艺术境界的伟岸有关，其独具一格的水墨语言，以技术的深度，心情的深邃，审美的深郁，提炼的深化，以及造境方面繁简精心的考量，类似疏可走马密不藏针，繁则蓊郁深蔚，简则逸笔草草，笔墨驱遣神乎其技，墨象变幻不可究极，造成了艺术终端无法复制、当代画坛独在的"这一个"。

字如人。德华先生书法满溢情绪哲学的附着，渗透点画之间，自出机杼，寓巧于拙，耐看如此，耐读如此。有诗心，饶元气，将

▲ 一壶山人 · 《烟雨半房山》

恣肆开张与天真烂漫汇一炉而冶之，却又呈现庄严的静谧，他的书法像是受了魔法支配一般，亦真亦幻，致人微醺，而不能自已。仿佛暗水流花径，言外语意还有千重。天真笔意里，贯通碑与帖的精绝妙境，一片化机，其书内力弥漫，藏峻拔于秀逸，得沉郁于顿挫，观之书卷气袭人，大气魄渊然流转。既有浓郁的金石气，又具朴茂蕴藉的文人风骨。先生书作趣味盎然，洋溢着静观文化的转圜余地，字里行间骀荡着生命的无限留恋，不仅是自然之理，更是一种独在的心情。

诗言志。在近体诗（即所谓旧体诗）薪断火灭之际，几经周折，《一壶山人墨迹》终于问世。种种神来之笔，宛然而出。荆棘铜驼，缥缃黄卷，皆有心情凝注，而不至被历史遗忘。

诗人有其独在的心胸和视野，虽以山水诗面目出现，其中却深深揳入一种史识。"识"的要求是什么？近代文学家林纾认为，有识需把握事势发展之整体，叙事认识精审，论事公正不偏。他认为"识"的最高境界是"通融"，这和古代史家所说"通识"，如司马迁的"通古今之变"，刘知几的"通识"，郑樵的"会通"等，其精神实质都是一致的。

《一壶山人墨迹》对于人物、艺文、史迹、风物、山川，有着近乎天然的感触。矩度的讲究、对仗的工切，在此基础上自由地挥洒，其高古与朴素，奇巧与浑厚，下词之准，状物之切，情景的逼真，声色的活现，不可思议地交织在一起，不能不推为今人近体诗的典范。

在先生的诗作中，不难看到陶、谢、王、孟，乃至永嘉四灵艺术影子的折射，避世为不同流，自然山水为最主要的观照对象，笔墨蒙络的满是出世情怀，这种高蹈脱俗的美感固为其内质，但若在接受美学上我们只看到这一点，那还只是表象。在其笔墨深处，更渗透铺垫着杜工部、元遗山的沉郁顿挫、悲悯沧桑，以及载沉载浮隐现不去的价值关怀；只不过他的遥深寄托，以及告别性的深沉反思，是隐于一语天成、繁华落尽的清词丽句和文采风流之中，外淡内奇的胸襟抱负，故而掩卷尤多深思，令人玄想不尽。字里行间却不免附着"时代的精神状况"。"事如春梦了无痕""田园将芜胡不归"，一种具有普遍意义的人间情怀洋溢在字里行间，而以严谨的史识为依托，以浓郁的人文情怀为基调，孤臣孽子般的忧患为底色，在深切体悟史地人文的过程中，孜孜探询着大地上的另一种生命情态。诗人自言，"既非衲子亦非仙"，万壑松涛，溪山烟雨，其实"大有人生岁月苦经过"，甚至风吹雨打雪满头的滋味。

水一方书屋的楹联"画宗野逸欲识玄机于象外，字印本真偶含幽韵入毫芒"，正是其生活方式与艺术趣味甘苦之言。从作品的高华气质中不难看出他的心情，确实很旧很旧的——令人揣摸不尽的旧时月色！负手微吟一过，满心都是温馨和苍凉。这是因为他一肩是中国文学传统，另一肩是自由心曲的追寻。

文章书作，襟袍气概，保有刚健笃实之美。传统智识者对于出世入世的认知，既有先贤遗留的文化结晶，又取法近世的自由理念，这就不仅仅是与古人在历史的两端对望，而可谓从时间深处回来的古人。下笔兼有长风振林、微雨湿花之美，一片天机，满是古调。这就需要向"前"看——把握今后长远之未来，也更要向"后"看——向之前的历史重温求取，古调虽自爱，今人不多弹！这样的情势下，不免令我们越发迷恋德华先生的文字空间，怀念那

▲ 一壶山人 · 《清辉一例洗凡尘》

醇酒一样的文辞旧曲。

德华先生在传统诗书画艺术夕阳无限之际，注入一种强烈的时代之光，这里面既有敢拿线装书来装"摩登时代"的复杂的现代性，也有咳唾如虹的气魄，风月无边的天籁！更有渗透到笔墨、构图、造境各环节里头的自由精神！《一壶山人墨迹》堪称精神解放的通衢，在他的笔墨里，我们渊然读到这样的理念：生命是自由的前提，而自由是生命的意义。

读《正体字回家》

　　遊字简成游字，准确说，遊、游皆正体字，各具字义。遊指遊玩，旅游用之。游指游水，游泳用之。字义不同，源于所从各异……

　　周字用处较窄，一是地名周原，二是国名，三是朝代名，四是周姓。最早的周字见于甲骨文，像农田边界形。金文加口，此口非嘴，乃正方形，表示都城，遂为国名。边界围成一圈，由此生出周围、周密、周到诸词。晚近乃造加走字旁的週字，为周字减轻负担。週字既造，便用于週围、週密、週到诸词。週周分工，俱合理性。简化令下，週被灭杀，一律返古使用周字，这是在开倒车。

——《正体字回家》

　　这是沙老以硕学大德，痛念身世靡常而作的一本大书奇书，其间融贯不泥古、不僵化的英气和睿智。头头是道，寻源味道，足以涤荡胸襟。

　　沙老说文解字系列著作，诸如《正体字回家》《白鱼解字》《字看我一生》，皆为手稿影印珍藏本，系精美异常的印刷工艺品和书法作品。

《字看我一生》依托李三三的一生，瞻顾身世，萦绕于梦寐间，讲解字的流变，新知旧学，故事曲折，从而复原历史。文字解释，仿佛棒喝之下豁的一声，忽觉身心脱落，如寒灰发焰，暗室顿明。该书写作之际，沙老已过八旬，年迈体衰，而创作之心力磅礴激越，真力弥漫，亦可惊矣。随着年事的增高，他的创作在这时反而进入了全盛时期。

汉字具有非常深远的思想文化内涵，其"形、音、义"的特点承载了中华民族几千年的文化底蕴，孙中山先生说："抑自人类有史以来，能记五千年之事，翔实无间断者，亦唯中国文字之独有。"汉字是世界上古老的文字之一，由于符号众多，可以用简短的词语表达众多的意义、概念和句子。我们单从汉字的写法上就能看出一个字的意义和它的褒贬色彩，这是其他任何文字都不能具备的，汉代许慎说："盖文字者，经艺之本，王政之始，前人所以垂后，后人所以识古。故曰：本立而道生，知天下之至赜而不可乱也。"论述汉语汉字的优势，所依托的必然是正体字，而非想当然的简体字。所以沙老痛切呼唤正体字回家，正是要回归中华文化的正道。

沙老文字学著述常置案头，一读再读，颇多启发迷蒙之处，举凡古今兴废、人情物理、岁月光景……皆见于其中。参以典籍经旨，杂糅生活烟火，相互发明，冥契道妙。

沙老二三十年前解字之作，广泛刊载于《文汇报》《新民晚报》等诸报，读者多知之。沙老兴趣转移后，虽居住于大都市的市中心，但是长期深居简出，无异于万山深处寂然索居，坐拥书城，埋头著述。故纸堆里云水飘飘，精神游行于自在，此中境界，十丈红尘中打滚的骚人墨客岂能窥测于万一。

虽然不免做尘劳中人,却能翛然不滓,收放自如。反而一些年轻人,缚着多多,堕入死水,不能超脱,何日可了。

然而沙老绝不是枕青山而卧白云,侣樵牧而友麋鹿,实则关心民瘼,俯仰时事,念无量劫,不胜感慨。看似谈艺之作,实则忧患之书也。

或以为,沙老是否也像乾嘉学派那帮人一样,醉心到考据里头去了。其实,不要说乾嘉的源头奠基人,就是惠栋、戴震这些吴派、皖派,也有诸多的不得已啊。而沙老的文字学研究更像张恨水笔下的陶渊明,张先生说:

"自古者道个陶诗甜,杜诗苦。其实,陶诗何尝甜,甜正其不得已也……以陶渊明不为五斗米折腰的汉子,说他终日醺醺的,只做一个糊涂乡村老头子了事,哪有此理。

"东晋以后,北方是夷狄乱华,南方是篡杀相乘。他想到曾祖陶侃那份运甓自劳的精神,做过江东的柱石,他却毫无办法的,滚入了南朝那开始的魔境。干呢,干不起来!哭呢,不像话!笑呢,也决无此理。于是只有一味的淡泊明志,放怀自遣。理想出那么一个乌托邦来……那一份苦闷其中而逍遥其外的句子,正不知有几千行眼泪呵!归去来兮,先生将何之?我哀陶渊明。"

沙老在《正体字回家》的前言中写道:"少时受过古文字学的启蒙,所以对简化字看不惯,心识其非……得以苦役余暇研习甲骨文和金文以及《说文解字》,本单位领导人便知我在偷读'有毒书籍',亦容忍了。回想起来,此亦恩德,使我晚景有所自娱。"

沙老谈"整"字的简化,简化成一个"大"字下面一个"正"

字。将"整"字分成"束""攵""正"三个方面来讲,发前人之所未发。"文字无阶级性,但这个整字肯定不是民众造的。整字内涵可厌,也算反映历史真实。简成大正,用大掩盖了历史的真实,那就不应该了。何况大字放在正字之上,根本讲不出个明堂。"

始作俑者,其无后乎!重温沙老种种分析结论,真不胜扼腕唏嘘。

沙老吸收前人研究成果,融会贯通,建立了自己的解字系统,极富创见。治学严谨,不肯轻易著书,若非定论,不以示人,如果我没记错,沙老最早的说文解字专栏,系于20世纪90年代中期开设于《新民晚报》"夜光杯"副刊,文章精悍短小,一经刊布,乃不胫而走。

《白鱼解字》《正体字回家》《字看我一生》,融贯新旧,而又以平实浑朴的笔调出之。故其一文之出,一说之立,辄有本固础坚之效,可以说是当代说文解字的皇皇巨著。但沙老却不是故纸堆中的国学家,他满腹经纶且融合时代的观点和看法;他的知识藤蔓构架迁延广大,思想之停蓄因此稳当厚重;他吸收前人的研究成果,在经学、文学、古文字学等方面都有很深的造诣。对于近现代的社会生态,沙老更是有着深入的解会揳入与关注拮取,这使得他的治学方向落实,而不流于空疏。再加之沙老治学无分东西,研究兴趣逐渐由文学转为文字学,其学问基础的庞杂伸展,使得他能自如地运用东西学术。

章太炎先生晚年开示学子,于文字之学,曾特别强调:"说文之学,稽古者不可不讲。时至今日,尤须拓其境宇,举中国语言文字之全,无一不应究心。清末妄人,欲以罗马字易汉字,谓为易

流沙河·《正体字回家》手稿

零三五·風失神話鳥失爪

流沙河
中国作家协会四川分会

简字　正字

風字簡成风字。正字鳳與遠古神話傳說關係密切。舊時蜀人相信暮春時節，吹大風是由於天上正在過九頭鳥。風字從虫由此得到解釋。原來風字是用九頭蟲象徵風，凡聲。象船帆之形，凡即帆字古寫，後添中旁。可知凡是聲符，但也參與字義。帆受風而船前進嘛。九頭蟲又稱九頭鳥。古人認為龍屬鱗蟲，魚屬羽蟲，龜屬介蟲，人屬裸蟲，獸屬毛蟲。遠古傳說九頭蟲體扁圓，九頭環列，各有双翼鼓動，搧成大風。體扁圓如車輪，所以又稱鬼車鳥，夜停屋上，攝小兒魂，非常可怖。甲骨文風與鳳一個字，都象大鳥奮飛之形。有時候風比鳳多幾點表示雨而已。鳳字從鳥凡聲，風字從蟲凡聲。從鳥從蟲，一回事。看三個甲骨文，有雨點的是風，無雨點的是鳳，但也借作風字用於卜辭。風字涵藏着遠古的傳説，是活化石，不允許砸爛成簡化字。簡字风拆開看，一張几案，一個叉字，荒謬無理。同樣，簡字凤拆開看，不知所云。英文phoenix（鳳）尚能從字面上追查到腓尼基人的恐懼。比較起來，簡字风無文化可尋根，就像沒有家譜的暴發户。

兩個甲骨文鳳　　甲骨文風

中國作家協會四川分會

鳥字簡成鸟字。簡字鸟之不通，一瞥便知。一是無腳爪，二是無頸毛。看清楚篆文鳥，線條流暢，形像生動，肯定能引起小孩的美感。又看正字鳥，結構勻稱耐看。再看簡字鸟，給人留下殘缺感，覺得不舒服。小孩識字，同時習成美感，這難道不好嗎？與鳥同義，讀音卻大不同，那就是隹zhuī。字典告知你，那指短尾鳥。據字形而言，可以這樣講。具體應用，多見不分長尾短尾。推想當初為羽禽造字時，中原地區就有兩種寫法，讀音互異，爭執不下，祇好鳥隹二字並存。幸哉隹字，筆劃少，未遭簡化。

鸞字簡成鸾字。這是受戀字簡成恋字的牽連。鸞是鳳類，一說是指雌鳳。與鳳配對，所以名鸞。正如男女相愛曰戀，又如雙胞胎叫孿生。䜌luán象二絲絞成一線，由此孿生出相愛義，又與鳥字合成鸞字，而指雌鳳。可見字從䜌是有意義的，同時又作聲符。䜌被簡成亦，亦象文象人之左右腋卽，从鳥合成鸾字，莫名其妙。

簡字 正字
簡字 正字
篆文鳥
篆文隹
簡字 正字

讀《正體字回家》　〇二九

从。不知文字亡而种性失，暴者乘之，举族胥为奴虏而不复也。"

这是何等沉痛之言！沙老的说文解字正和章太炎先生的隐忧深深契合，其学术生命的基调是民族文化的道统而兼有普世情怀，更包含着他对蜩螗羹沸之事所抱憾的痛切，字里行间渗透着长太息以掩涕兮的斑斑心痕……

这几部大书都是手稿本，更有一些读者朋友，仅从书法艺术的角度，便对这些著作产生了浓厚的收藏兴趣。二十多年前，沙老曾赠我一副精妙的对联，写在四尺单条宣纸上："九州风雨写史笔，百尺楼台读书灯。"长夜一灯茕独，每每观赏不尽。

沙老书法自成一家，南北各地前来求字者，一时多如过江之鲫。一些人想要借重先生的大名，更多的人则是出于仰慕，以及对沙老书作的迷恋。其间，由钦慕而欲亲近者众多，他们不远千里万里前来拜谒，且执礼甚恭。这样一来对沙老生活自然造成诸多困扰，而沙老又往往不愿拂其意，故而也就不胜其累。

关于书法，沙老自道："在下写字，偶有怡然，但无自得，却以知足，不敢多求。入门容易登堂难，岂止书法如此，百工莫不皆然。何况写字不是手艺，而属心艺，书法艺品不是工艺产品，而属精神产品，当比百工更难登堂。"这是关于书法艺术的药石之言。

沙老书作功底扎实，独树一帜，从形制上观之，似源于瘦金体，但他的金石味更强，更深切地展示出他广漠的心境。赵佶的瘦金体个性极为鲜明，与魏碑唐楷区别较大，沙老书作即有其影子，但技术张力更为讲究，清爽润朗，飘逸灵动，较纯粹的瘦金体更具韧性，而收其尖利，更具凛然精神，而束其开张。学人气息蒙络于间架结构，风骨含于内，境界见于外。

沙老在锐意著述的同时读书不辍，可谓嗜书如命，甚至因过量看书留下难愈的眼疾。

日前承蒙文友信任，问询钱锺书、流沙河等人是否开过文史方面的书单。

答曰，公开的未见，但也可钩沉出来。钱锺书先生曾给原解放军艺术学院院长陆文虎当面进过"研究中国文化的基础书、必读书"，钱先生强调先秦诸子，特别是孔、孟、老、庄、列、韩及前四史、魏书、宋书、南齐书、《宋儒学案》、《明儒学案》等，必须精读，不能取巧。钱先生认为多读多思多比较，自有意想不到的发现与见解。

流沙河先生似未公开标列书单，不过他在散文《一大乐事在书房》（见《四川文学》2000年第3期）中说他家的几个书柜分别摆在卧室、书房、走廊，真正须臾不能离的书则放在卧榻之上，一来居室窄小，一来爱之深切，那是《十三经注疏》《史记》《资治通鉴》《太平御览》《太平广记》《说文解字》《历代史料丛刊》《世界史辞典》等，且视它们为"命根子"！

拉丁古谚说，"每一本书都是有命运和故事的"，真正的读书人，"抛书便觉心无着""此生原为读书来"，疗精神之饥渴，补心灵之贫寒，非书莫为。但有史以来，书籍之多，汗牛充栋，浩如烟海，令人望而生畏，所以，选择是必需的，也是必要的。如何选择，真正的读书人所列书单值得重视，除兴趣好恶外，其间还有甘苦和思想凝注。

山有平仄　文涵奇峰

——刘云泉先生的书、画、文

几十年在外省谋生，与刘云泉先生缘悭一面，只能隔着迢递的山海寄送我的神往。回川数年，多有机会拜谒亲炙，闻其谈艺、观其作画，大致也印证了我的猜想。

云泉先生作画的时候，颇似20世纪40年代《新民报》副刊圣手程沧，"不写文章的条件多得很，及至他提起了笔，那就泰山崩于前而不惊，什么他都不管，整个的生命都交给了那一支笔……唯有他才有这样一双冷眼"。

云泉先生的这一创作态势像极了麦克阿瑟，运筹帷幄，决战千里，又像王猛，扪虱而谈，旁若无人；而技术细节上则运用精妙，存乎一心，结撰转折，巧不可阶，处处体现万事只等闲的雄才大略。

观其作画，有出尘之想；聆其咳唾，闻珠玉之声；赏味其题跋，但觉奇气、壮气、山水气扑面而来。在句法、诗眼、点化、天趣、锻炼诸方面，云泉先生的作品大有创劈之功，粗服乱头而精警异常。这当中有他多年求新求变的个人经验，其不拘绳墨之处，对寻常艺术理论大有超越。

一

云泉先生的山水之作，画笔老拙遒辣，可谓元气淋漓障犹湿。正如石涛所说，"书画非小道……笔墨资真性"，而在将绘画视为一种"超凡成圣"的修行这一点上，云泉与石涛保有同样的心曲，这种心曲的起源还要追溯到他幼年时代的生长环境。

云泉先生自幼生长于射洪县洋溪镇，此间九宫十八庙、天主堂等文化遗存保存尚好。亦可谓深得书香浸润，庙子中楹联极多，云泉先生从小即喜观看揣摩，无形中对书法保有一种特殊的敏感，尚未启蒙已经使用毛笔书写了。20世纪60年代初期，云泉先生报考四川美院附中，考点设在三台县，他竹杖芒鞋，徒步跋涉五十多公里，一考而中。此后整整十年，云泉先生在四川美院附中和四川美术学院度过。就当时自然环境和社会环境而言，也颇有"艰难困苦，玉汝于成"的味道。

云泉先生最早的专业美术教育得益于他的业师黄原（黄海儒）老师。黄老师性格孤高，但眼界也极高迈，他极重视抽象和写意的精神，力推康有为、黄宾虹。论及黄宾虹，以其所绘丹青全用中锋为胜……黄老师主张写碑，而不太强调临帖，也即不是二王、董其昌……而是齐白石、潘天寿、吴昌硕这一路。黄老师认为写碑更易形成大气和天真烂漫的笔法，以及那种拘束较少、开合较大的自由风怀。黄老师的言传身教使云泉先生得到终生全面的启发，同时也使他的判断力始终处于高位。

在技法运用上，云泉先生创制出非他莫属的笔墨、线条，这种独一无二的技法，无以描述、难以方物，姑且以积线法而名之，其深远似自时间深处走来；其深蔚令人观之恍惚，似有情绪漾动暗涌；其深化似令画面本身有再生功能，生生不息，变幻莫测，大气游虹，明灭断续；其深奥则令一千个观者心中有一千个哈姆雷特；其深意则完美诠释山有平仄，文含奇峰。似乎随心所欲，无章可循，而又合辙到位，思入微茫，无不妥帖。

达至这种境界，必待技法与思想的高度统一。同时就技术层面而言，难度颇高，他人难以临摹。

云泉先生将想象力与艺术技法接洽得天衣无缝，并将大自然中神秘的暗示力量发挥得淋漓尽致。仿佛一位指挥裕如的大将军，统摄运筹，笔迹周密，气脉通连，而又逶迤婉转，流动不息。

"好的画法极具重要性，我们甚至可以把它估计到这种程度：技法即或不是一切，也是赋予其余一切以价值和生命的独一的手段。"（《德拉克罗瓦日记》，人民美术出版社1981年版，第568页）而德国表现主义画家诺尔德认为："画是一种沉醉，一种舞蹈，在音响里的摇荡和波澜，而非那种坐在安乐椅上的艺术。"画家应以本能为引导，犹如呼吸般出乎自然。绘画应以神经创作，而非冷静的理智。

云泉先生的山水深邃迷幻，恰与法国野兽派大家马蒂斯所说暗合，即叙述历史事件不是绘画的事情。"我们对绘画有更高的要求，它服务于表现艺术家内心的幻象。"（《欧洲现代画派画论选》，人民美术出版社1980年版）

笔墨、心境、气势……交相作用，一幅佳作之出，自然含有神意，从而形成一种精神力量。云泉先生的山水画作仿佛会放言讲述，而且越发雄浑，滔滔不绝，似有雷霆万钧之势。

二

清峻的人格，傲岸的风调，云泉先生的画作予人以飘然思不群的感觉，其来有自，源出于此，也即画作的气质可以在文字中找到谜底。

作品是精神食粮，云泉先生固然也采用他人所生产的食粮，可是近年来老先生也频频生产文字的精神食粮，而且色香味俱佳。虽然云泉先生主要以书法家、画家的身份名世，但他早年和文学结下的缘分早已显山露水，水到渠成。

云泉先生一生虽以书画为职志，但他在美院附中时，恰恰就是语文课代表。当时《羊城晚报》文艺版在全国报纸副刊中出类拔萃，云泉先生深为痴迷，尤爱其中的杂文、随笔，这样的阅读习惯也对其书画作品的立意大有影响。参加工作后，云泉先生陆续接触艾芜、沙汀、雁翼、流沙河等作家，颇为投契。早年在射洪及重庆那样的环境中，他如狮子搏兔般全力以赴，故而所读之书特别入脑入心。

因画作中题跋的自创自书，事实上云泉先生同时在进行文学、绘画、书法三驾马车齐头并进的创制——此系同时迈进，而非跨界。而有的读者（观者）比较特殊，正如游园时某些游客往往留心匾额，有一类读者看画时偏爱琢磨题跋。云泉先生的作品满足了这种审美需求，题跋聚焦、勾勒画面的神魄，留在读者心中挥之不去的正是山川、历史、人物，以及因之而来的深长思考。这种吸引力自然是综合的，也是罕有的，它与峭拔古艳的书作，一同渊然融入了满纸苍翠的丹青中……

《云泉说画》这个书名绝妙。所说是画——书法与绘画同源，书即是画，此外也可指论画、评画；所画是说——书作录其论说、见解、观点。

社会、人生、文化、美学……杂糅一炉而以高度凝练的语言概括。就表现形式而言，此中情状，也更像他的画作，简与繁之关系处理得无以复加的妥当。

从《锄园杂什》到《云泉说画》，其文体悄然一变，前者更注重情调与趣味的呈现，后者则直指心源；前者是梅兰的幽香，后者是刺藜的高冷；前者写情怀意境，后者多见解和寓意。不沾不著，高简瑰奇，脱却形骸。谈艺的隽永，思考的奇崛，论事的警切，判断的新锐……合一炉而冶之，点到为止，一击而中。故而余韵袅袅，掩卷难以释怀。

云泉先生的文章，咳唾珠玑，大可资为谈助。点染山水，显影趣味，忧世伤生，文笔似瘠实腴，确为不可多得之铭心篇什。通体生气贯注，光芒点点，墨彩郁郁，或淋漓厚实如源头活水，或戛然止住如截奔马，舒卷自如，无不得心应手，并屡有思入微茫之处，仿佛"有约不来过夜半，闲敲棋子落灯花"，是一种"江上数峰青"的感觉。和他的花鸟小品文一样，言外语意空间悠远，一种翩翩风致跃然纸上。有限的篇幅变化多端，却又摇曳生姿。如此少说废话，文字练达，句法挺拔，篇章完整，正是中国文章的正宗心传。至于时世的坎坷，那种风雪满头的人生滋味，所谓烦恼即菩提，其中的真谛蕴藏在文字的玄机里面，故而语短意深，往往予人

刘云泉 · 本就君风,独立一竿,也能成图,何能尔。

一种说不出的震撼。只仿佛王粲登楼，欲说还休。其间往往搔到人生痛痒之处，而其精妙含蓄令人着迷，读之不免眼前为之一亮，以致拊掌称佳，不忍释卷。

其写法则颇得禅宗要旨，蓦然一惊中灵光闪现。见解平正通达，而且切中人性或时弊的晦暗之处。读后之领会所得，令人做超然的遐想，也颇似禅宗的顿悟。仿佛在说，道不远人，人同此心。但其中亦有道不同不相为谋的决绝。端的是文品居上之上，文笔出象外象。

题跋是画作不可分割的一部分，但就欣赏而言，则可单列出来，作为上佳的小品文而独在。这些文字珍馐，历年累计下来，无虑千百篇什。

立轴《眼镜》题曰，"不戴老光观物，万事全不操心"，实为热肠冷眼。题《竹》，"我观外界，外界观我，经冬历夏，岁月蹉跎"，此可谓古来题画竹少见的沧桑感慨了。立轴山水画笔墨蕴藏无尽，也观之无尽，极耐寻绎，题跋"牛圈生出马嘴来"，其内容大异时贤，而得八大山人、清湘野人、青藤老人这一路的脾性情怀，甚至遣词用语之心传。

或札记，或随感，或题画，要言不烦，脱略行迹，挥洒自如，愈见功力。既突兀矫健，又妥帖圆转；既一针见血，又余音绕梁。一条感悟、一个譬喻，甚或一则打油诗，无不见解醒豁耀目。而其间的悲天悯人，则以有情之眼，看世事纷纭，树犹如此，人何以堪。我辈在其间看出感动，看出觉悟，看出共鸣，看出真相。端的是文字的飞瀑流泉，淙淙可闻。此不仅为思想、美学之佳肴，即在实用方面，亦能使人迷途知返。

三

　　云泉先生的书法如此深远渊博，思索定位又是如此高远，所以如此的独具特色，仿佛一种特殊的绘画，蕴藏着大自然的幽深奥秘，大可为山川生色。

　　其书其画其文，当中自有暗通声息的情绪哲学的布局和表达，换句话说，他的文章像书法的线条、结体一样出其不意；而他的书法线条则又像他的文字一样饱含别样的表达力。行文前的胸有成竹，落笔时的举重若轻，将一种自由的风姿表达得淋漓尽致。

　　很难用《二十四诗品》的分类法来为云泉先生的书法坐实一种美学形态。云泉先生的美学观念是综合深邃的，而不能被一种形式套牢。其笔画形态或破隶而出，或变柔为刚，或化藏为露，或化圆为方，既洒脱放逸，却也精美谨严；既行云流水，却也斩钉截铁；既雄强角出，却也圆转浑融……端的是气象挥霍，生机无限。

　　云泉先生的书法创造性乃在于，他令复杂的线条达到了制衡的高度和谐。线条经其提炼加工，在运动构架的过程中，使人产生多元的感受和丰赡的联想，其揖让、欹正、大小、缓急，险笔与拗救，锋芒的外露与内敛……严整中求变化，缜密中见疏朗，均达到随心所欲、出神入化的地步。云泉先生的书法创作与泰西制度如出一辙，确为按照生命存在运动所体现的规律赋物造型的典范。

　　其作品的视觉化，不仅是形态与样式上的翻新，也不仅是字象上的夸张变形，更是审美观的改弦更张。创造性地博采众长，为灵魂与生命寻求超拔与新生的寄托。高古、沉雄、飘逸、遒丽等美的特征，统而摄之，综合而运用之，怪奇与矩度天然妥帖地融会之。半是功力半是天成，功力垫底，面目天成。虽云自由发挥，却也非此莫属。所以说云泉先生委实是在以笔墨为言论，创造性地阐释艺术自由的精神。

云泉先生的书学得益于《爨宝子碑》之处甚多。他的业师黄原主张学碑，不走柳公权、欧阳询一路，因此，云泉先生颇为侧重颜体，紧接着，写汉碑，然后魏碑、篆书……还在美院附中时，云泉先生的同学王用安就极为推崇"二爨"，认为"二爨"好看至极，在于其变化极大。果然，这极为符合云泉先生的艺术心路，一试，非常得心应手，从《张迁碑》《石门颂》入手，然后是《龙门四品》《瘗鹤铭》……这些都下硬功夫，至于后二者的优点，既有方笔，又有圆笔，逐渐促使云泉先生的技法深化，方中见圆，圆中见方，所以其笔道和力道也日渐深沉老辣。因此，不懂汉碑，不是好书法家，其间有技法，方圆里有辩证关系，最后方圆要浑化天成，形成深入心灵的定力，故而促成云泉先生对艺术的独到理解。但云泉先生又不局限汉魏，视野延伸到明清，他自撰对联予以概括：汉魏兼修，明清涉猎……颇能道及其书画思路之三昧。

"二爨"风格合于他的天性，开合度与自由度大，方圆、结构令其可以高度自由组合，所凸显的是内敛，而非张扬、夸饰，这也符合中国太极的原理，故而坚持之。

流沙河先生书法自有童子功，但老先生将其作为一种艺术形式来独立呈现，则是20世纪80年代后期的事了。且其书法作品自成一家，以文人书法而名世，在文化界颇有影响。流沙河先生自谓与专业书法家往来不多，有之，就是刘云泉了。

几十年前，流沙河与刘云泉的办公室挨得很近，办完事后，沙河先生就到他那儿去，就书法、文学相互叩问请益。有时云泉先生作了一副对联，觉得没把握，也拿给沙河先生修琢，久之乃成无话不说的文友。那时沙河先生独自一间小办公室，办公桌用来写文章、写诗，另一张方桌专练大字。云泉先生常从他窗前经过，每天只看到沙河先生做两件事：一是盘腿坐着写稿子，看稿子，改稿子；二是在小方桌那里练大字。（参见吴茂华著《草木之秋》）

在创作取向与价值观上，沙河先生所爱的，云泉先生也都爱。云泉先生说，写作就是在平淡中求老辣，用常见的字写出不常见的话。的确，他们二人的互动以及翰墨之缘，使当时单位办公区"出现了沙河岸边一小片好玩的绿洲"。

云泉先生所书《刘云泉书流沙河对联》出版迄今已近三十年，然而赏味不尽，随时间的推移而愈见其妙。

书法与所书内容相协调、相发明、相扩展、相投契，笔法、结体、章法、题款等方面完美考量，可谓相互锦上添花。也即在无形中补充作品内容，深化主题。

凝视久之，恍惚中觉得，流沙河先生的楹联，非云泉先生书风不足以充分表达。

线条的运动节奏形成"势"，而表现为"骨力"；云泉先生的书体精准地承载了流沙河先生对社会文化的独到洞察，其情绪的波动节奏、个性的阴阳刚柔、人格的清正高蹈、理想的追求寄托、智慧的冷眼热肠、生活的进退沉浮，均得以完美展现。在云泉先生笔下，流沙河先生楹联所蕴含的思绪情怀与书法线条的形式妍美，可谓 而二、二而一。

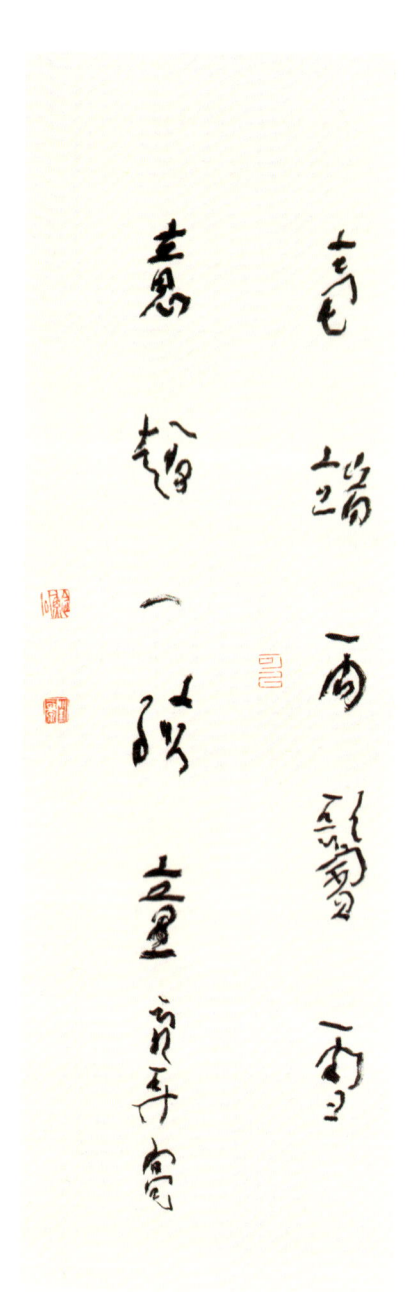

▶ 刘云泉·毫端两鬓雪，意趣一孩童。

境界、骨气、风骨等概念，从云泉先生为人处世的态度可窥一二，但这些意度、概念如何从技术手段上与作品合拍，则又大有玄机。所以云泉先生主张，写字时切忌一字一字重复练习，而需以意为单位，借此掌控笔墨中的节奏、强弱关系。书法如一座桥，彼岸通文学，此岸通绘画，可来往裕如，但必须深入进去，缺一不可。他强调递进式的学习，在修正中前进，如临帖，逐个的、单词式的临写皆不佳，要打下雄厚基础，宜于同步推进。包括看帖，也需通看而非抠字眼，即老话活学活用。人见先生荷塘，辄问何不开花。答曰：它懒得开花……其间颇有禅机，以及行万里路，读万卷书的智慧。

云泉先生笔墨与线条的提炼，用意或者说变法，已经到了一个非他莫属的境界，仿佛有一种未知的、隐约的力量在促成他这种笔墨境界。对此，云泉先生解释道，他最喜欢《东坡题跋》中谈一位禅师书法时的论述，"骨气深隐，体兼众妙，精能之至，返造疏淡"，这十六个字即为其美学最高追求。

云泉先生认为，艺术需要既老实又不老实。智慧要变成一种闪光点，需经过综合的组合，包括他之喜欢版画、装潢等，博大的触类旁通，借此寻求组合关系，以奇铸正，以偏得中。别人太过推崇的艺术方式，他反而避开。他早期甚为喜欢扬州八怪的画作，尤其郑板桥，后来不再死守，反而喜欢他的诗，喜爱八大山人亦然。他强调，作品需有一种正气，一种正脉，如此则与怪而不诞形成对立之统一。

四

　　艺术门类在艺术家身上每每有交叉，因此多有画家写文章、作家作书画的现象。对此，云泉先生认为，画家的文章若是机趣过人、新鲜别致，令人掩卷若有所思，而不是咬文嚼字，则此种文字就是高格调之文。

　　至于作家的书画，往往与文化修养有着深刻的关系。其文、其画、其书，在作品之后隐藏的有隐约可见可感的东西，这就是高手。从技法、文字内容、印章及其印文观察，可知其是否为高人。一次展览，云泉先生认为某位作家的字颇具憨态，字有字貌、文有文象，他随即收藏了一幅这位作家的画，当时展厅内作家云集，而云泉先生是作为画家而去的，他对这位作家的书画奖掖有加，至于题跋，也赞其眼光独到，画面构图每每只画一角，确属高人。

　　关于收藏，云泉先生虽科班出身，但在这方面却并非学院派作风，反而像齐白石、吴昌硕那样，走进民间，走进市场，画价显得很接地气。他就是要让作品飞入寻常百姓家，不在乎别人说三道四，而在意于收藏者喜欢与否，喜欢者即使囊中羞涩，他也愿意将好作品给予。

　　的确，云泉先生的文、画、书皆上乘之作，为有识之士所喜爱，同时在市场上也备受追捧，可以说，曲高而和者众。这是一个独特的现象，类似刘二刚、朱新建这些被坊间称之为新文人画家者，其作品格调高，购者众，且多为自发购藏者。

　　至于跟踪收藏者，云泉先生强调，物以类聚，购者要看得懂，要深知线条、笔法之三昧，所以他最喜欢学术界人士对他有所认同，文字、书法与画作皆追求有咀嚼的余味，以及整体的冲击力，画里必有哲学和辩证的东西，思想渗透在画中，创作者和欣赏者在此间融汇无间，属于一种高级精神交流。即以绘制流沙河先生的成名之作《草木篇》而论，其构思就来自读者的提议。这个提议颇为高明，自然"颇得我心"，所以云泉先生前后绘制了三套完整画作，至于《草木篇》原文，则由流沙河先生本人逐一题写到画作上。每套五张，但画面都不一样。后来还有人找他再画此类题材，他决定不画了，这已经是20世纪90年代的事了。

坊间对云泉先生多有赞誉，常以蜀中怪才、蜀中萌老、老顽童而称之。从他的作品内容和性格特征上不难揣度大概，但是更深一层的是，这种怪、萌、顽特征及追求变成了独具一格的笔墨语言，自由的心态以及技法则幻化为技术支撑，这是相当不易的，也是最独在的美学取向。

说到怪、萌、顽，以学养而论，需在博大天地里打开眼界，知道整体的来龙去脉，找出经典的共性，而非单一的东西，如汉魏以来的碑刻，更早的金文，云泉先生敢说双勾随便勾，若非烂熟于心，岂能一蹴而就？说怪说萌说顽，需有雄强基础，才能变化由心。并非以怪为怪即可成立，而是自由的心态，以及对常识的认同。

也有意见认为，云泉先生的作品中有一种明显的、潜在的地理因素，名曰：蜀味。从丹纳的艺术哲学来讲，地理和气候对艺术家有决定性影响，这种浓郁的地域特征或许源自他家乡射洪的文化基因，譬如那里的"言子"就颇接地气，充溢理趣，有着对生活精妙高超的观察。因此，他的作品中不经意间表现出来的"麻辣烫"特色，正是这种独特蜀味在风格上的外在表现，充满了特殊的美感。较之江浙一带水软山温的风景，蜀中山川则是宏伟奇丽，深蔚神秘，画家至此，更易感知到大自然这个高明的魔术师魅力之所在。阴晴的变异，光彩的奇幻，常常带来视觉与心境上的急遽转换，每每令人不可思议。而云泉先生孜孜矻矻努力创制、摹写的成果，正在于他将此不可思议之境化成别出心裁的艺术语言，蓄满大自然的灵气，从而高明超卓地表现之。

1984年前后，书法家陈振濂曾专门问及："云泉兄，您对江浙书法有何看法？"答曰："饶有文气、书卷气，基本功好，但是秀气有余，大气不足，如有类似蜀中山林气、逸气的因素介入，则必更佳。"譬如蜀中有怪、仙等，一旦接触，则容易水到渠成，欣赏接受，这是大美之内在美，包含了大气。黄宾虹、徐悲鸿等大家当年到四川，皆着迷于蜀中山水和艺术气氛，这也是一种体兼众妙的范畴，云泉先生对此保持了高度的意识自觉，蜀味体现于文中，其核心正是文心、风骨、清高、自在……具体文章的遣词造句，则如林语堂所说："文言里面有俚语——此即是麻辣烫；另一方面，白话之中有之乎——则是雅化淬炼。"对此云泉先生深为推崇，付之于实践，即杂糅起来，而出之以新面目。

当年云泉先生在浙江办画展，当地同行观展谈心得，说这正是真正的蜀派山水：深隐、葱茏、意绪无尽。这种表现和追求既是蜀中的，又是全国的，有共性的。

◀ 刘云泉 · 胸中心图自求解。

山有平仄　文涵奇峰

五

云泉先生常说，他一生都在强调笔墨的完美表达，笔墨上今人不及古人、前人，古人有时间和心情研究、实行，故而完满高华；今人多浮躁、欠修养，在笔墨上高手阙如，江浙略好一些，但大气不够。笔墨里面，不光是形式，还有修养的轨迹，或谓心迹，其是书法和文学的基础，最终体现出作品的文气、精气、智慧、追求、性格，等等。今人玩笔墨者太少，玩到高处更少。

云泉先生谈艺，尝谓："譬如爬峨眉山，我已至洗象池、九道拐，尚未到达金顶，但我活力是够的。"诚然，骄傲与谦虚同在，他的为人恰如流沙河先生，淘属谦谦君子。流沙河先生淡泊名利，识人论事见解通透，他曾说："刘云泉，你把枝丫修一点，影响别人了……"夹着尾巴做人，沉下来从艺，对云泉先生影响甚大。

流沙河先生文字充满机趣、诙谐的因子，借以表达内心，云泉先生的文字、画作、笔墨也都下意识地如此贯穿。流沙河的创作走向影响了他，所以常有人说他的文字有流沙河的影子，这个他也并不回避，包括他见沙老改稿子，一个错字，都严严实实涂盖之，沙老说此为狗屎，故需盖严……所以云泉先生的跋文多简短，精心推敲字眼，用于画龙点睛，就是在学沙老谨慎考究的态度。

云泉先生的书画墨华飞动，同时又保有萧散爽逸的风神，意蕴幽深而心裁独出，或浑穆，或诡谲，或高古，或清隽，然一种心悟手从的"自家法"不可移也。他驰骋其中，目游神驰，精骛八极，那种自由的内涵风神，真的是"无异脱阶下之囚"，又好像在冲决罗网，观之读之，端的是放纵想象力的黄金时刻；趣味、气节、寓意、灵魂，都有深深的寄托和附着，澄怀观道，会心不远。说到底，他凭借千锤百炼的艺术眼光与造诣，以深厚的艺术底蕴和卓越成就，实现心灵的解放。

云泉先生深感中国书画传统的精深宏大、沉博绝丽，深感它的典丽高华和微言大义，而以一己之力，以其美与力的大手笔，发皇古义，诠释美感。先生居成都芙蓉古镇，河埠廊坊，桥街相连，深宅大院，穿竹石栏，先生在此灌园抱瓮，风神超逸，望若神仙中人。

风俗衰敝的年代，他在纸上保持他的特立独行，又何尝不是另一种形式的鲁仲连、陶渊明？这并非简单的高蹈出尘，而是将一种孤愤渗透在其书、其画、其文间，绚烂至极而又平淡从容至极。其间意绪万端，曲尽郁结，虽说依自然规律年齿渐增，然而"观书老眼明如镜，论事惊人胆满躯"，真正做到人书俱老，非但毫无颓唐之象，且更有脱胎换骨之境。

胸罗丘壑凭吞吐

——一壶先生新著序言

一

　　一壶先生著述颇丰，近期又将推出全新之作，此次付梓之书史、画史、文论，系其沉潜多年，潜心结撰之精品。书、画二史，虽各只一卷，但精密贯串，尤多杰见。

　　这是一部微缩的、特殊的、别致的美术史、书法史，较之近十年问世的那些水分多多的美术史，更显其意蕴之丰赡，及史识、史观之卓越。其间考辨之精详，与抽丝剥茧之深入，及其登高望远之卓识，一而二、二而一，活力与气机充溢弥漫。

　　画史、书史，皆以浅近文言写就，文气深醇，古艳逼人，刚健流丽，绚烂婀娜。间以近体诗徐徐吟出，总结、分析，别具一格，仅以文体而论，清末民初以来，除俞剑华、余绍宋诸史家之外，当世绝无仅有。

　　水一方论画，一部文人画史，开篇即捋出清晰脉络。山水诗——山水画——文人画——退士（隐士）文化——技术构成——山水与政理之哲学背景——山水审美……

　　魏晋以前，山水之爱可以说还没有独立出来。屈原的作品中，九嶷山、浮邱山、昆仑山、咸池、兰皋等，都是他心灵之外的东西。山水美境当前，心无旁骛。所以，古木苍藤，明月流萤，月桂夜莺，川湖波澜，芳草兰芷，这些绝佳的自然之美，他虽然看见，也表现在作品中，但并不是作为鉴赏关怀的主体，而只是一种副产品，一种烘托物。在其进退失据的心理状态中，端的是"百草为之不芳"。

魏晋以后，山水诗文滋润发达，近古以降，山水画为艺术正宗，自然界的风景由此得到先天般的重视，而不是一种临时的抚慰。这时诗人更加在乎山水本身，譬如，林和靖和太自然融为一体，"永嘉四灵"与山水同寒，虽然也不排除心有旁骛的时候，但究其底蕴，山水是其背后总的依托，是其心灵的最后皈依，是其艺术源流的最终凭据。大抵宋代以后，山水画已完全独立，蔚为大观，但因文人的主流，山水之癖好逐渐发展成类乎宗教的东西，成为社会冲突矛盾的避难所。同时，山水诗的数量也远远超乎他类诗歌。

一壶先生写道："山水画之高妙，囊括万千气象于尺幅间，含宏博大，渊深莫测。迷离幻化，若无穷尽。非识先贤惨澹经营穷通之秘，历天下壮伟瑰奇非常之观，难得其玄奥也。"此系对第二自然之深切认识。文人画之独在，与画史相始终，在吴道子、王维之外，以宗炳为文人画开创性人物，大山大川，移之纸上，正是冥契道妙的产物。

吴道子、王维、宗炳、郑虔、荆浩、董源、米芾、方从义、倪瓒、陈淳、徐渭、髡残、担当、渐江、梅清、龚贤、八大山人……群峰耸立而重点凸出，脉络清晰，论证交叉……

悲慨郁积来无端，陶渊明诗曰："一生复能几，倏如流电惊。"(《饮酒·其三》)王右军名文《兰亭集序》谓:"情随事迁,感慨系之矣。向之所欣,俯仰之间,已为陈迹,犹不能不以之兴怀,况修短随化,终期于尽!古人云:'死生亦大矣。'岂不痛哉!"古人当欢宴之时,常有悲感涌上心来,而溢于言表,念山川人世,反复流连,有不胜其哀者。人心的孤独感,人生的乏力感,身世的漂泊感,前途的渺茫感,交织成一场春梦般的生命体验,透露出深邃的情绪哲学意味。从古到今,顶级文人画家的笔墨心曲中,这种荒谬的悲慨表现得尤为强烈。一种非同寻常的精神生命,有着永恒的贯穿。

一壶先生的文人画史,不以辩证为目的,却能尽辩证之用。其要旨,就是把历史的背阴处移动到明亮的地方来,把寻常的历史图景换成足以代表历史生命的图景,并以此图景来沟通现代人的情感意识。这样,干涸的历史图景顿时生机盎然。在此,我们惊讶地见识了古人的苦闷与喜悦,见识了他们对美的追求以及对自由的期盼。世界、社会、生命的时空距离,就在这再发现的奇异注视中,得以骑驿通邮。这样得来的历史观念,非特不是从前一味单纯的灌输,问道于盲,反而促成了生命的融合及再生。它别开生面,我们也眼界大开。

相对于寻常的史述、史料、史论来说,把历史的呼吸、全景和节拍巧妙地融入人物艺术的叙述里面去,这种叙述调子新异而不冗赘,致力于深沉的见解,漫然读去,再发现的深意令人震撼。

除书、画二史之外,尚有诸多单篇,读书、论画、衡文、怀人……于书、画二史主干之外,自不同侧面观察、阐说,在侧翼之上延伸、补充,亦可视作体系丰饶的上佳材料。种种真知灼见,又

▶ 一壶山人·《但见老龙来听经》

可谓移步生莲。

论八大山人，时代尘埃笼罩之际，其毫端意兴，及吞吐大荒之笔墨，所产生的深远影响，对心灵的触动尤为明显，其清峻、古淡、卓绝，而拈出其孤、其高、其冷……再较之古人及同时代艺术家，来凸显其逸格风标。至于结果判断，多方比较、勘定，脱胎点化之，故其结论一反坊间成说，可谓铜锻铁铸。

"八大山人山水画风个性独特，绝非世人所说的独创，而是入古深固，消化古今而别开新境……八大山人之经营布置，层峦叠嶂，云山雾水，雨树烟村，奇峰大岭，以及桥亭构筑，溪流映带，坡坎承接，人物点缀，俱在其出入古法，消化传统过程中，渐次脱尽因袭痕迹，终以自家笔墨写胸中丘壑，成一家面目而卓然千古……"

一壶先生考证董其昌与担当的师友结交之关系，多方排除，而指其所得不在亲承指授，而在入心究真，故而来得无拘无束，自在超脱……此种结论，秉承有一分证据说一分话的原则，通达超卓，登高望远，与别的学者大异其趣。

"制艺，退士境界毫不逊色于进士，甚至高于进士。盖有进士能耐者人才代出，而退士者，非奇士不能。敢退便是大智慧，大见识。在进退决断之际，退是人生逆境、险境，甚至面临绝境的大境界选择。"（《担当和尚山水画风》）。

此种判断，一壶先生不特在画史中反复阐释，且为之身体力行。"敢超脱，敢割舍，敢断俗念尘心，敢粉碎虚空，敢把自己打破重来，期其在往神圣之路上历尽百千劫、万千劫而一超直入如来地，退而选择通往圣洁的高尚之境——信仰。"

可谓鞭辟入里，发人深省，读之令人绕室徘徊，不能安坐。所谓文人画的美学极致，需在此中窥取。盖此申论，才真正搔到痒处。见解之高超，体悟之深切，极大地拓展了对文人画概念的阐释与认知。

论说髡残则重点落笔其遗民心事、河山家国的怀思与笔墨的内在关系。

论髡残，起首即抛出两位当代传人——尤无曲和朱屺瞻，以见其嬗变即传承的微妙关系，这与寻常先讲生平再谈事功之文论大异其趣。

又"四僧"之名词概念，其早已是美术史习见之成说，然一壶先生自德行、器识、悟境及艺术风标等方面着手，加上担当，称之"五画僧"，可见其卓识远见。

钱大昕云："大抵《史记》之文，其袭《左氏》者，必不如《左氏》；《汉书》之文，其袭《史记》者，必不如《史记》。古人所以词必己出，未有剿说雷同，而能成一家之言者也。"

艺术亦然。而这种师承、传承，脱胎、点化，胎息、化出，赓续、蜕变……其间的辩证关系，与乎大家地位的确立，种种关节与因由、区别与要害，在一壶先生笔走龙蛇的论述之下，可谓淋漓尽致，传神阿堵。

持论公允，道他人之所未道；存真究实，用心良苦。充溢史家之慧识，抑且文辞斐然，识者谓之良史，诚不虚也。

在一壶先生的论述中，我们渊然读到，文人画史楮墨流芳，价值非凡。其间有史的沧桑、文的典雅、艺的高华、心的寄托，历历可见星辰大海般的人文异彩。文人画家们楮墨间的无边风月，他们的文章功业、襟袍气概，保有刚健笃实之美。这条高古线流所涵容的浩气英风，不但包含了创造者的时代灵魂，也包含了对学术认识的深切体悟。他们所取得的特殊成就，凝成精光不灭的艺术灯塔，雷霆走精锐，拓开万古之心胸。

一壶先生所书，内力弥漫，肃穆典雅，气场极其强大。一如其心境，老古而天真，沧桑而清旷，同时又伤怀迷离，自在不羁。

论书，即书史。开宗明义，中国文化的博大精深含融在书法艺术传承的气脉中……而书法艺术的博大精深则自汉字中创造发轫。仓颉造字，取象立意："书法源于自然，在自然中体认，在人生中验证，此乃中国书法体道、证道、载道、归道之根本也。"此系直接溯源到核心的认知理论。

对历史和艺术超卓的见解，孤臣孽子般，含有伟岸的命意，也是对坊间风行之成说通盘的超越。汉字的层面底下蕴涵着深广的情绪概念，缭绕着声情和观念的美，委实为中国文字言语所特有。文字是手段，同时也是一种目的和审美对象，突破时空局限的功能相当强烈。汉字以视觉符号直接表示概念，可傲然独立于口语的各种变化之外。

论书又专置一章《僧人书法》，盖以佛经是最大的文学作品，可谓别具只眼。佛经总量差不多是个天文数字，穷尽毕生精力，固难以详其崖略。日本文学家川端康成也认为佛经是世界上最大的文学作品，无论数量、质量，均当之无愧。

古时的高僧住在山林里，同山水互为知音，披裘扣虱，不衫不履，兴来捉笔涂鸦，多得自然之趣，出寺钟声悠远，尽睹自然代谢的万种盎然生机，俾使心灵蔓蔓日茂，而不致枯寂。结果品味往往一变而为烟霞痼疾，境界幽寂却不寂寞！在其作品中，正可感受生命力的葱郁，观画读书渐至恍惚，仿佛与融入山水中的高僧并无二致。僧人中之特出者，与文学艺术的关系极深极厚，因其修行方式、生活环境、审美旨趣均与常人大异，故而书写风格也大有独在的境界。

"方外人书，不在精到，而在通脱，非不能精到，盖其旨趣不主精到耳……其中妙品，堪与王谢相辉。"

一壶先生的论证构架中，山水精神的学术承载，即使以美学价值之外的史料价值而言，亦可见历史的呼吸、历史的全景和节拍，浓缩在论述文字的气息深处。而叙写评议的过程，则可谓用动态的知识追索静态的历史秘密，以及千百年以来风云际会的踪迹，历史的干涸图景顿时鲜活起来。

一壶先生的论述，其千锤百炼而获得的美感效果，涵盖深远的人文特性，正可以启功先生一联予以概括形容——

涵襟和气春如海
万丈文澜月在天

时间的洪流冲不走古典的醇酒气息，文字深厚的人文性带来充沛的精神慰藉。美的灯影，绝非匆匆烟云，在敏感伟岸的心灵中，它又展开了无边风月。

▲ 一壶山人·《神山六合为谁开》

二

  一壶先生尝自谦:"画画,乃习书之余事,往往随意所之。若论逸笔草草,偶有一二可取;若论应物象形,则欠功矣。"

  实则先生之技法颇饶独得之秘,"胸中丘壑禅中天,笔下苍穹清远玄"。先生之画作,正是美与力的大手笔,其论石溪,有云"笔墨淋漓酣畅,随意洒落……大才不事小收拾,烂然泼写,一气呵成……晚岁所作,匠心独运,因承脱尽,行神如空,行气如虹,吞吐大荒，直抒胸臆，其画风已臻大块独造，沉郁苍茫，浑朴高古气象"。此正先生所追求、所冥合、所营造、所获取之境界气象。一种无以破解的美学高科技，唯有衷心之赞佩。

先生绘画，大率皆以水墨挥洒而成，然其墨中层次蕴含极广极大，云蒸霞蔚，色调斑斓。先生的水墨之作中，线条之概括力、结构之可塑性、笔墨之精炼程度，俱在其通盘考量之中。万物竞发，天籁自在，沉静虚和，古意盎然，写意的放达和造型的精切完美融合，既是一种审美的历险，更是一种恰如其分的表达。

以表现物象的神韵出发，泼墨、拖笔、勾皴、点染，控制在一种综合通盘的考量运用之中，物象既呈万类霜天竞自由的动态之美，又有一种静默之气渗透其间，随机生发，极尽其变化，可谓曲折迂回，动静结合，虚实相生，画面层次异常丰富。笔墨气势逼人，烘托出一种高洁、古拙、雄奇的特质。

"周臣的山水让人对大自然心生敬畏，而髡残的《苍翠凌天图》，则在尺幅之间，以少许勾皴的花青，枯笔皴擦，虽苍茫却又有温暖的底色，还有那与画面浑然相融的自题诗：'坐来诸境了，心事托天机。'将世事叹喟弥漫在永恒的自然中。"

其林泉生涯大抵如是：

"桥边设店，有山姑煮山茶以待，临流品茗于荒烟野水间，亦快事也。"（《寻仙沟记》）

"经年奔走于山林中，饮露餐霞，坐月披云……"（《瓦屋山诗稿跋》）

"游心翰墨，驰情烟水，无意玩世，有福读书，俱足以荡尘涤垢，陶铸性情……"（《水一方书屋记》）

虽说萧然出尘，息影林泉，然而要做一个心无挂碍的自了汉，又是何等的艰难。一壶先生诗文集后记曰："商品经济大潮冲击，文化之风气已不为世所重，好多艺术家都为生计奔波，有求于人，也就傲不起来了。剩下一些顽固者，又每每顽而不化，走投无路，往往高不成低不就……而耐得寂寞，敢坐冷板凳之人，虽然于人生修持、心境涵养有益，却不免默默，既然如此，时尚留给这些同道的，就只有清寒了。"

与同道访胜吊古，唱和遗响。既隐于市，更隐于山林，然而，这并不等于餐风饮露，高蹈隐遁，特殊年月风雪满头的滋味，正所谓"落落不堪论往事"，满是青灯黄卷、残月在天的寂寞。但这背后的心蕴，却正是传承故国文化心脉的诉求，从内在到外在，从意蕴到形迹……

一壶先生论汪济时先生的诗："诗于纡徐和缓、不激不厉中将先生对人生的感慨，对晚景的爱惜，对未来之向往平平吐出，其意度之雍和沉静，闲适与从容，直将其为善向道之心托出。"

此番论及，也可看作一壶先生的夫子自道。此即诗教之正宗："菊残秋尽晓寒侵，梦里诗骚究渺冥。雨酿邛泸千斛冷，云蒸螺髻数峰青。"探索自然界的内在生命，表达文化人对自然的别样感受，与自然天籁相呼吸共命运，客观上从诸般束缚中摆脱出来，获得了新的艺术生命。

深山大泽，流峙终古，乃天地法象示人之自然文采，其中有真意，有大美，然而雪泥鸿爪转眼云烟，百年之期若瞬，更兼手足之力有限，故陶写胸次，莫过于纸上的风景。顾长康说，会稽山川之美是"千岩竞秀，万壑争流"，多少年又多少年，山川非复旧时容，而此文字定格的自然之美却长存不灭。文字意境，其勾勒渲染，所予人者，甚至过于自然本身。可以说，自然山川是第一自然，而文字所表现的自然之美是第二自然。品藻纸上的风景，是复活了两种自然的滋味，咀嚼不尽，传之久远。

一壶先生身体力行，走到山水中间去，就是走进一篇硕大无朋的文章中去，它的深蔚、它的生命意志的无限延续，乃是我辈身心的无尽安养，走进它的怀抱，似乎也变成了其间的一个标点、一个字词。

三

今之书画文论流于煽情散文，或曰提炼变异的心灵鸡汤。且不说千人一面，种种无识之论隔靴搔痒，令人昏昏欲睡，更可鄙的是借时代、创造、现代性等大词欺世，实则矮人观场，尺泽之鲵。值此美术史、书画史衰疲之际，忽有吐气如虹的一壶先生论书论画，旁窥侧探，参证今古，作宏深之赓扬；又兼折中求是，举凡文人画史，实亦心史之大脉络、大关节，皆予以指陈分析，而精见亦随之而出。夹叙夹议，寻根溯源，窥天人、穷古今，皆有精意深旨，可为美术史论起衰振弊、泂明辨审思之论。

一方面，从繁杂的史头中探询历史规律，大处着眼，精确地定位表述这种规律；另一方面，史不放过最微小的历史关捩，循流而映带其源。

一壶先生的高明之处，乃在于他在史事的烟云里，在"最是楚宫俱泯灭，舟人指点到今疑"的茫然中，生发融贯出今之新的生活经验来。从文明演变的高度，从人类生命的关怀来切入，可以说是对历史经纬极为高迈的把握。

先生笔下，我们确凿看到，他的立论、分析和综合研究方法，既能抽象跳脱之，又能微观具象而笃定之，日月之朗，爝火之光，捉置一处，真正做到"当历史学不停留在描述而是开始做出解释时，才是历史的科学"。

徐复观先生推崇中国画的静观精神，说是起一种超越作用。这种方法可称为守，但也足以同工业社会对人的心灵摩擦相抗衡。培养自己的精神境界，使情趣、意趣、谐趣同时生发，造成美趣的蔓生，则围城可解；即使不可解，也可自给自足，不至败灭。

以一壶先生较之陶渊明，倘若陶渊明为五斗米折腰，可能要比他采菊东篱富裕得多，可是他不，他宁愿拂袖而去，到底性格不羁的一面露出来了，到底不够圆顺通融，这难道不是他可爱的地方吗？深潜着的"猛志固常在"，终于冒出水面了，像鱼跃，势也，命也，非造作也！"眄庭柯以怡颜，倚南窗以寄傲。""傲"字大可玩味。他向田园归去，为的是"觉今是而昨非"，心无一累，万象俱空，不是深解其中三昧者，断不能道此言。

智者乐水，仁者乐山，人开始与天地精神来往。在大自然中观摩应对，倾听万籁声息，体现了中国人对自然的爱好，也表现了中国人特有的联结自然与文化的方式。

到了魏晋六朝，玄学进一步促进了山水观念的转换，人们并不关注山水所画之象，而是重视山水所蕴之道，即为"以形媚道""与道为一"。崇尚澄怀清明的魏晋圣贤，如嵇康、阮籍等人发明了"卧游"山水的方式，促进了山水诗、山水画的独立和发

顶笠赤脚大起大落敢问君家可曾钓者正卯夏于竹西山房 垩山人

一壶山人·《独钓图》

展。宗炳更提出了"应目会心""应目感神""神超理得"等视觉理念，对中国早期山水画做出了具有本质意义的界定。因此，山水引入了人的精神，扩展了人的生活理念，提升了人的品格境界，并得以"披图幽对""坐究四荒"，"神飞扬"而"思浩荡"。

真正的山水之美虽已远去，真正的山水精神虽已没落，但在一壶先生的笔下，它们又呈现珍稀的回落。

千佛岩下水一方书屋，画栋雕梁，青砖黑瓦，气象极为浑穆端肃，饱蘸大自然风月声光之美。一壶先生居此，其间有大寄托，更有一颗悲天悯人的心，且足以生发牵挂联想。蔗境弥甘，松姿益茂，叫人肃然起敬。

林泉之想乃是水一方学人的精神核心，一壶先生曾与画友邂逅于三峨凤凰堡，"茶余，罗、陈二仁兄一时兴起，合作归舟图。俄顷，烟波渔子，巉岩老树，茅屋柴扉，悉收于尺素中，览之令人顿生林泉之想"。胸中丘壑，深沉无比，于是神出鬼没，撒豆成兵。其笔墨的试验与追索，冲击着我们的审美认知。他是在陶写一己胸次，但更是在为人心世象立说立行。因所寄托，取诸怀抱，用笔神完气足，浑灏流转，这种美的历险、美的追求，与寻常的"好看"比较，确乎是相距云汉的拉锯。刘熙载《艺概》认为，"怪石以丑为美，丑到极处，便是美到极处"。

至于笔墨的美学追求，那就是"寻至中岩巢一穴，劈开顽石作山门"（一壶先生诗），如此一种深异突进的求索。

水一方风格独具，高蹈脱俗，但既不是"一片孤城万仞山"的旷寂，也非"驿外断桥边，寂寞开无主"的冷清，在十丈红尘中，其精神始终保持"浪迹空山绝壑中"（一壶先生诗）的伟岸不拔。

或以为，水一方学子把书画当成学问来做，换言之，其书法、篆刻、绘画是一种特别的学术方式。而这种学术的呈现恰如钱锺书先生所云，"学问乃是荒江野老屋中，二三素心人商量培养之事"。水一方的导师，其生存方式与生活方式的一体化，也即哲学旨趣、心性修炼与生活方式的一体化。寻常艺家，虽不能至，心向往之。一壶先生诗曰："衹道投时便合俗，谁知笔墨硬不依……"其心性的傲岸，怀抱寄托的深沉，在此表现得婉转层叠，淋漓尽致。

真的艺术，那是精神解放和解放精神的通衢，在水一方主人一壶先生的笔墨里，我们渊然读到这样的理念：生命是自由的前提，而自由是生命的意义。

庚子初夏写于成都浮沤堂

时间深处的追索与探寻

——黄政钢《米仓道》序

庚子年新秋时节，疫势稍刹，即有幸拜读到黄政钢兄的书稿《米仓道》，值此文风凋敝、文体衰微之际，深为震撼，颇有触动。

这是一部奇书，着眼于时代大背景下的宏观和微观现实，由此生成深邃的洞察力，并在其独到的语境中抒发出悲悯苍生的情怀。深层次的灵魂拷问，深远的思想追寻，不依不饶，上下求索。其鲜明的文化特质、表述心理、气质和判断，皆具极强的开放性和想象力。就接受美学而言，读者可以在其间深切领受到信仰与救赎的重压。

黄政钢身上有一种绝不失语于社会现实的责任感，从时间缝隙深处抒发深刻、悲戚、苍凉、沉挚、细蓄的历史感慨，由此致力于观念空间黑洞的厘清、究诘和探寻，并表现为一种力量和气魄，从而勾画出其心情愿景的思想轮廓。这个过程是复调的，而非单一的；是多面的，而非片面的；是多声部的，而非独唱式的。

黄政钢的文字凝结着独到的情感体验，这种体验使其具有双重的超越，即对对象本身的超越和对诗意表达的超越。其间流露出他对人生、艺术、美学的主张，以及斐然文采。这种文采不仅仅是指文章辞采的练达，更是指那种偶然天成的音韵，加上刻意的驱遣与匠心独运。《米仓道》烂然可观，正是作者自觉创造、自觉追求的硕果。

这种新式的历史叙事方式携带着一种沉静而激越的情绪，沟通了生命意识，方令今人打消了遗世而独立的孤单感，从而与异时异地的古人的生活、艺术创造同出一源，合而流之。时代在变化，生活方式和意识形态也在变换移易，而人类的精神生命却贯穿始终。这就是《米仓道》，在历史的另一面，在艺术的消长之内，在看似湮没的历史河流之中，重新发掘的生命痕迹所带来的盎然搏动的思想和感觉。历史具有永久性，也正在于这种时代精神与人性本质的流露。

我们有太多欠缺情绪哲学的历史，以文学沟通历史与地理的美学情感而言，其对人心的影响，只是徒然。《米仓道》把学术的心得和发现从容化入文本中，以明慧深邃的心境，营造出一种综合的艺术效果。原委因果，宛然在目；追问探寻，错综婉转；生命情感，尤撼人心。这就好比沙漠某处藏了甘甜明净的水源，给人长远的安慰。它的全新的答案，全新的叙述，也激活并促进了知识的吸引力。

真实的记录和描写能深度叩问读者的思想，触动读者的灵魂。审视米仓道，肉身之依托，灵魂的永恒故乡，在追问中与灵魂对视，在追问中一展胸襟，在追问中一抒怀抱。

因而黄政钢的叙事浩荡推进，移步生莲，绝无冷场。特定时空里自在穿梭的文字，使他所表达的一切都苦心孤诣。亲人、土地、老鹰茶、苞谷酒、古镇、古渡、幺店子……黄政钢具有卓越的多元素交叉融合叙事能力，且综合了诸多艺术探寻方式，诸如俄罗斯文学黄金时代对河山风景的礼赞叩问，白银时代知识分子的心路历程，屈原《离骚》神游八极、上下求索的神秘幻想……恍惚迷离，宏丽深邃。这些对事物的审视与判定，共同酿就了黄政钢复沓深沉的叙事艺术。其立足点，以及用力的方向，皆具反复揣摩的价值。

在叙事中讲述这方大地，理解这方大地，拷打灵魂，掘进人性，追问世道，直指伦理，复杂多变的视角与迂回穿插的情绪天然涌至笔端，无不令人感受到巴山巴水的深沉与博大。作者与其间的先贤并辔而行，与这方土地上的英雄肝胆相照，足已快慰平生。《米仓道》《巴人故事》如同追问式的乐章和画卷，交织出一幅幅震撼人心灵的情感图景，带着生命的温度，处处折射出情感的光辉，充满了人文主义的视角和关怀。

大地、苍生、山川、秘境、风物、时间、历史、人心……有描绘，也有考据；有记叙，也有实录；有打捞，也有梳理；有钩沉，也有探秘；有点染，也有挖掘；有抒情，也有田野调查。总之，作者是以满腔的激情和挚爱来赞美故土、颂赞故土、记录故土、追索故土，从而绘就了一幅幅充满乡情、风情、深情的乡土画卷，其既是酣畅淋漓的真情流露，更是娓娓道来的深情表达。作者与秦巴山区有着先验般的深厚渊源，文字深受雄奇山川的无声滋养，这种特殊的缘分由此影响到作者的思维模式，并被文字所驱遣。

万物的美感其实是人的情感体现，在作家的笔下，因了情感和挚爱的深度注入，其文字不仅生动传神，更有了温度和生命，甚至可以清晰地感受到它的惊讶和痛痒、它的传奇和悲辛。

《米仓道》多侧面地将真相予以透视，并整合芜杂的生活经验，促使审美形式清晰成形。经由其叙述，生活经验得以上升为审美体验。其间，心理时间和物理时间相嫁接，相转换，相渗透，且前者融汇整合了后者的单向流动，将过去与现在融合互渗，使之多意蕴、多向度，也更加醒目显豁，这就是所谓的"故乡不再，故乡在"的立体意义之所在。

事与物的周遭弥漫起浓郁而神秘的生命气息；叙事的深考将读者完全置于一场从未经历过的人生体验之中（或虽有经历而笔下所无），甚至生活中先天存在的一些二元对立的范畴都被镶嵌在叙事的笔触之下，那种叙述的调子，是恒久、深入的渗透，是广阔、持续的弥漫。这样的情绪哲学沾着泥土的气息，飘着时间深处的芳香，无可置疑地穿越终端，直击人心。

"记忆是一味药，拴着所有的因果。那么，此刻，你又在哪里？我试着穿越这被无数凡俗的烟火编织成的重重叠叠的网，并无数次地告诉自己，要试着去忘却，去顺从那拈花微笑式的般若……"

这似乎不免令人陷入深深的怅惘，但更有一种激越贯通胸臆，恒久回荡，萦绕不去……

青田石小记

青田古城，依山傍海，山水之美，古来共谈。既富自然地理之优越，更得人文历史之注入，青田石出于此间，历代开采经营者不绝如缕……明清以还，数百年间，因书画篆刻文化之附着，更凸显其尊贵地位。

陈秀平先生，居浙东重镇，世业青田石，于其性状，深所解会，于其资源，尽在掌握。手握重器，心怀宏图，入蜀发展，迨近三十载。

今建陈氏珏侃印章艺术博物馆于古玩重地送仙桥。观览及购藏者络绎不绝，皆叹其精良，赞其华美，赏其超逸。此间尽有青田冻之高端伟丽，菜花黄之内在古艳，封门青之含蓄精纯……汇集自然之结晶，良工之妙造。堪称石界琅嬛，篆学要津。诚收藏之胜地、赏会之平台。

早年《青田县志》记载："枫（封）门洞在县东25里，岩穴深广，可容百余人，出冻石温润如玉。"可知当初蕴藏甚大，但是经过多年的开采，近于枯竭。

封门青确实也快绝迹了，青田县封门矿区，产量已少之又少了。能采到的精品更是凤毛麟角。即使有好的石头，也是先前的存货。鉴于环境、机缘等作用，封门青的珍贵性愈加无可替代。

▶ 青田石印章

凤凰阁赋

川南名区，丝路重镇。邛都之乡，赫然在焉。北达京畿，南通蒙诏。祥云蔼蔼，风物宜人。载籍之始，本乡教化以兴；中古以还，府路县治乃建。

纳百川之水，擎万嶂之势。螺髻山下，邛池之东，名山胜水，曰古城德昌。茶马古道，大河潆洄。雄深雅健，江山如画。伟哉，凤凰阁，工艺精湛，风月无边。诚万籁之秀气，河岳之精灵乎。树古如龙，花开似锦。嘉木瑶草，掩映画栋雕梁；凭栏鉴古，且看沧海桑田。傈僳水寨，朗月清风之俊人；黑龙之潭，鸾凤虬龙之君子。蕴藉壮美，大气盈盈。

九宫十八庙，史迹犹昭彰；魁星阁雄踞，人文开泰运。学风渊源，仓圣字库文脉潜在；礼俗深远，百世赓扬古风传扬。文风昌隆，写幸福之价值；锐意进取，叙创富之辉煌。

于自然，好山好水；谈资源，丰物丰产；讲民风，重情重义；说文化，且承且续；论发展，有形有势。重任在肩，而能指挥裕如；济世经邦，且发潜德幽光。资源富集，产业发达；量既堪为诸方之首，质复高踞各地之冠。文旅康养，顺势因地制宜；名校云集，教育佳效可观。耿耿此心，拳拳斯情，发展大业，恒基于此。

绿水青山，循生态之路径；金山银山，奏奋进之凯歌。源发而流畅，路开而四通。新城形如凤凰，端赖新时代之荣光；古都于今再造，此乃大气象之伟岸。劝农兴教，发展社会事业；运筹帷幄，尤重文化兴乡。政由人举，日月焕其光华；道与世升，山川钟其秀气。

高乎！典雅厚重，天然画境；壮哉！良图美意，气势如虹。地既广以名德昌，水尤美而称安宁。绚丽河山，灿烂文明，民族团结，安居乐业。瑞禽展翅，长风万里。厚地高天，堪叹凤凰有灵性；邛都古邑，可喜天人能合一。祥鸟来仪集瑞气，脱贫攻坚路康庄。

歌曰：凤鸣高冈，凰鸾翔集。精彩纷呈，神州福地。

海涵地负：美与力的大手笔

——洪厚甜《净堂艺迹》书后

拜读到洪厚甜先生的新书《净堂艺迹》，由衷欣喜并且深感震撼，欣喜是因其艺术历险的美学洗礼；震撼则是其著作的容量、深度与高度异彩纷呈，所带来全方位的精神冲击。

书分五辑，由不同时间段、不同地域、不同身份的评论者从不同角度对洪厚甜做出评述、判断，参以大量有关生活、创作的珍贵历史图片，以及他自己撰写的多篇长文。内含成长轨迹、理论建构、学术心路，以及创作风格之建立与升华。而另一面，又涉及问学、求索、教学、交游等各方面内容，从而形成经纬交织的结构。

一本图书的编辑出版理念，实际上是设计者在制作过程中渗透的思想与精神。著作者的文字和照片巧妙得体地互动穿插，种种细微之处，已不仅是印刷品的奢华，而是臻于一种图书艺术的境界。不同历史场面的贯穿，则承载着时间的厚重感。地理空间经由不同的事件、时代痕迹的积淀，凝聚成艺术家的聚焦与辐射中心。观其质量之高迈，文字之连绵，策划之精心，谋篇之深虑，编撰之扎实……征诸同类艺术史著作，诚以其壮观而罕有其匹。是书刊行，将不胫而走，可预言也。

通过这本书，我们可以清晰地观察到一个大艺术家的成长史，及其在当代书坛地位确立之过程。

　　从《净堂心印》到《净堂艺迹》，正好十年时间，前者再三强调线条是书法的核心，是重中之重，以及线条生成的技术动作与力量来之于此。后者则提供了一个清晰的演变轨迹，高古气息与伟岸意气一如从前，气场更加饱满酣畅。至于其作品，论心情之浩茫、质地之坚韧、境界之雄迈，后者笔触饶有波澜壮阔、深邃丰富的叙事性质，更胜一筹。

　　洪厚甜先生的作品在当今书法界有口皆碑，其行笔恣肆，气象朴茂，时呈逸宕之势，更有海涵地负的深郁雄阔，深谙线条内涵律动及技术运作精髓。

　　超卓的天赋，加之不间断的深刻思考和感悟，最终形成了一套舍我其谁的艺术风格。观念与技术运作能力相颉颃，思力深透，无远弗届，毫无自设藩篱之嫌。影响力的宏大深远，系由其艺术、人生、思想、交游，以及书风的师古人、师造化、求独创共同作用的结果。观其楷书巨作，仿佛用大写意的气场羁控一切，魄力宏大而动力强劲，实为具有史诗般气势的有机生命体。

　　洪厚甜先生用笔深邃逸宕，而又飞动雅健、巧不可阶，其中包含用墨的力度、长短、疾徐、构成，展现出一个综合的艺术世界，通常认为其书风可赏不可法之说，乃是就其天才创造性的难度而言。收入书中的各时期代表作，用笔皆老辣华滋、厚重宏大，场景气势磅礴，造化的气质在其艺术创作中流淌自如。加之其作品深具"思力功深石补天"的内在精神，恣肆的奇纵和规则的约束天衣无缝地恰切融汇，沉着雄健中保有流转激荡的畅美，磅礴郁积，抑扬顿挫，意味尤不可穷极，造成合之双美的诗性升华。

对于洪厚甜先生书风、境界的解析非数语可尽，但其浑融厚重、雄深雅健的韵味及此中"殆天数、非人力"的精妙笔法，是永远也难以模仿的。试观近年学洪者，抛开精气神不论，仅从技术角度看，其悬殊不可以道里计。线条之概括力、结构之可塑性、笔墨之精练程度，俱在其通盘考量之中。万物竞发，天籁自在，沉静虚和，古意盎然，写意的放达和造型的精切完美融合，与其美学理念如出一辙，保持生活与艺术的深度下潜。

洪厚甜先生的作品没有一丝半毫瑟缩窘状，而是保持一贯的投鞭断流的大将风度。在当代书坛，将技术动作的美学意义、力学原理、心理因素、情绪影响、理论支撑强调到如此地步，且深刻全面如许、实践透彻如许、成就之高如许，一人而已。兼平淡与绚烂为一体，高华流丽处，是"遥想公瑾当年，羽扇纶巾，雄姿英发"这般英气畅朗；沉雄沧桑时，是"把吴钩看了，栏杆拍遍，无人会，登临意"这样一种悲愤感慨。

亚里士多德尝谓，"艺术就是杂多的统一，是不协调因素的协调"。洪厚甜先生神情、意度、品位、学养之涵容，以及作品之丰富性，正是对此艺术辩证法的上佳诠释。从各辑文章展现出的风格来看，其书法作品的创造性及对传统笔墨构成等因素的保留，既是对创作中力感、节奏、韵致的再追寻，又是对道与技、心与物、形与神、人格与风格和谐关系的再探索。

洪厚甜先生的作品饱含净化和征服灵魂的力量，正如其本人形象，魁梧奇伟，大气磐磐，顾盼自雄，有任侠之风，俨然古之名将，既有指挥裕如之气局，也不乏高僧禅定之高华。当他从创作中回到世俗生活中时，随性所至，烂漫天成，再加上特有的神秘感，

洪厚甜·《欧阳永叔唐书艺文志序》

《唐书艺文志序》：自大经焚于秦而复出于汉，其师传之道中绝，而简编脱乱讹缺，学者莫得其本真，于是诸儒章句之学兴焉。其后传注笺解义疏之流，转相讲述，讫唐贞观、开元之盛，大备。而经传记小说，外暨方言地理职官氏族，皆出于史官之流也。自汉以来，史官列其名氏篇第，以为六艺九种七略，至唐始分为四类，曰经、史、子、集。而藏书之盛，莫盛于开元，其著录者，五万三千九百一十五卷，而唐之学者自为之书者，又二万八千四百六十九卷。呜呼，可谓盛矣！六经之道简严，其得之者，各因其材，故奇伟闳博，往往震发于其间，山川之秀气，与贤人之馀烈，相须而显。然则其书虽多而亡逸，其不可胜数，岂其华文少实，不足以行远欤？而偶有幸不幸欤？宋欧阳永叔撰《唐书艺文志序》。己亥仲秋，洪厚甜于净堂晴窗。

人格魅力和亲和力自不待言。虽说江湖辗转，人生已近暮年，然豪气未减分毫，慷慨激昂之风既见之于形，亦见之于神。

洪厚甜先生生长于什邡乡村，比较而言，此间也并非穷荒迢遥之地，反而有着深厚的人文历史蕴藏。生活窘困的青少年时期，洪厚甜先生就已开始了扎实的阅读和研求，加之早已养成的探索沉思的习惯和能力，对他后来全面理解艺术史的精神脉络起到了决定性的作用。

青少年时期的洪厚甜勤苦异常。什邡的冬天阴冷近于苦寒，至今犹能想象当年洪厚甜手呵冻砚、奋笔疾书的情状；犹能想象当彤云覆树、雪意弥天之际，在老屋纸窗之间，青泥炉火之畔，一位艺术大家的成长身影。或则蓥华山下，黑隐沉沉，微露已深，大野如墨，时有犬吠，而笔墨顿挫，真令人不胜感慨。阳春召我以烟景，大块假我以文章，胸襟和气度在此间渐次养成。

这部综合文集的付梓印行，还使我们看到洪厚甜先生交游的深广，及其所显现出来的人格魅力，无论师友还是晚辈，他总以他的一腔至诚，使其深受影响，至于偏居远乡的各地仰慕者，虽然无缘一面，但也为其作品以及电视授课的风采所折服，更欲殷勤接纳，谦恭备至。此皆根源于洪厚甜先生敏捷的思维，深湛的眼光，超强的判断力，故而颇能识人、鉴人。他的处世原则，可用"友天下士，读古人书"这一联语概括之，其间不难窥见他的胸襟和为人。

除基本的伦常友谊之外，洪厚甜先生更注重同道之间的冥契道妙，而不是呼朋引伴地把臂入林。其间与各路大家接触，同时得以研读佛典，精研乡梓方志。又于名山大寺与高僧大德亲炙往还，深刻领悟佛教慈悲为怀、悲悯众生的本质。往还之间，在书法艺术论辩商榷之外，也催生其他艺术形式的产生。"壬申初夏，客次中州，翰墨因缘。时洛阳花事已尽，我等七人，虽天各一方，然半月相处，互见坦诚，濡墨把酒，共话清樽，言欢之际，别耽嘉致，自是人生一乐也……幸步趋儒雅，殊属来者无心，而苍天有意。惟一番风信，几度花飞，觞聚之乐何其短暂……"此种醇美高古的铭心小品，已是上佳文言篇什，这并非书法艺术的副产品，而是他念兹在兹的入世之境，置身其中，凝聚于时间深处的情怀结晶。

冥契道妙，归纳出属于自己的技术语言，自如而深切地进入自由的书写，可谓出乎其类而拔乎其萃。洪厚甜先生将线条的有序和无序高度娴熟地调配运用，在一种变动的环境中成其法度，渊然可见的弹力与韧性，静气十足又不失内在劲健的力量，此之谓辩证的统一。多年的摸索创造，伴随对艺术规律的参透、哲学智慧的运用。洪厚甜先生心安神逸，居高临下，禅意流溢，如见山中高士，同时开辟思维自由驰骋的通衢。故而其作品是对艺术被异化的反驳，成就了一剂原生态的艺术清凉散。

洪厚甜先生说，艺术绝不仅仅是艺术家的雅事，而是所有人都可以亲近的一种生活方式。因而，这个观念也体现在他卅余年的教学生涯之中。他以为书法教学应采用最简捷的方法，即使非专业的人也能得到最专业的指引和点醒。事实上，他的教学影响深远，他的创作、观念、理论也在教学中得到了延伸和拓展。他的《用书法的方式思考》即是对路径、方向的思考，只有在路径正确的情况下，才能有所进步和超越，或者说登堂入室的可能，否则就是适得其反、南辕北辙。他在教学之际，常有振聋发聩的观点，那正是关乎书法实践、创作、鉴赏等方面本源性问题的卓越见解，以及传神

洪厚甜 · 《什邡援建芦山恢复重建记》

飞佛关内芦山河南东直石儒天台西罗围塔春光金鸡碧峡北列银鳞王溪南朔灵关硐门咽喉临邛雅州屏障野隐青衣龙门素禰汉魏之邦龙头古城西魏始阳八步悬天斗丝路由以长白塔攒指河洲古寺奠龙乡山环水绕嘉祥地神秀钟阜吉庆场之地者前有黄庭坚书绿叶之赞后来张大千作飞天之想然此地祗不仁芦山巨震四海徽心幸我中华国运昌盛铜山西崩洛钟即东应五一二九州以济汶川四二〇巴蜀尽可西哥蜀地捷报北呈传承与传递国人之精魂援手姜城京畿至情西骞雍什邡既受命于八面芦山地震能不倾情传承龙门大恒温暖于什邡重建将握手勤石以纪铭更生永岁昌宁北京温暖什邡岁次两中春中龙门乡灾后恢复重建什邡市对口援建芦山县龙门乡灾后恢复重建工作指挥部立

笔墨所蕴含的明月入怀的恢廓胸襟。

坊间对洪厚甜先生的艺术成就已有恰如其分的估衡：古调自推汉魏以来，取法浑穆，其间金石味极为正宗。于书法史做贯通式研究，复直溯秦汉魏晋，结体典雅考究而气势磅礴，势头来得宏大壮美，渊博淹通，格调高古。所谓功夫深，结体自稳，天资好，落笔便超。

吃透碑刻名作，令古人线条转折处的情绪烟云也在其深度致意之中，故其作品线条、褶皱、缝隙、空间，以及章法之整体气势，仿佛山峦层叠中复见云气回荡穿插，虚实交融互济。魄力之宏大，格局之深广，真有开辟混沌之功；真正达至"千变万化，出奇无穷可也"（黄宾虹语）的境界。

2016年度中国书法风云榜之颁奖词有云："（洪厚甜）以碑体书法见长，自出机杼，形成了自己的强烈艺术个性，是中青年书法家中最具实力的高手，也是碑体书法的领军人物。"可谓恰如其分。其在当代书坛、当代书法史上的地位，显然见之于世道人心。

洪厚甜先生以从容不迫的态度，对古碑阡陌纵横式勘察，定点钻探式深挖，高屋建瓴式解读，并将故纸风尘里的珠贝与田野调查中的遥感熔铸贯通，由此展现出别具一格的思想魅力。其所拓展的领域、创设的文风，特色鲜明而独树一帜，奠定了他在书法界的独特地位。

对于碑学，洪厚甜先生一以贯之地搜求、研习，在碑学之海深度下潜数十年，无论创作还是理论，皆有非凡造就。仅以搜求、研习而言，诚如傅斯年所形容，"上穷碧落下黄泉，动手动脚找东西"。对于大名鼎鼎的名碑重器，固已覃思精研；而世间绝难一见的碑刻孤本，更是着意寻访搜求，钩深索引，融通其隐秘气息与信号。几十年下来，积累宏富，居高望远，心得独具，可谓拓开一片运筹于心的碑学江山。树立之伟，涵照之广，征诸时贤，诚非常人可以轻易企及。虽说洪厚甜先生天赋智慧绝高，又加以魄力雄浑，但在碑学实践创作方面取得如此之高成就，与其学术上的有容乃大、虚怀若谷是分不开的。实践与学问经验的多重增进，使得他在处理书法美学问题时能够游刃有余，自然豁然开朗。

除了技术方面的造诣，相信还有自然天籁传递给他神秘信息，并且直接形诸笔端，诉诸造型。临阵挥毫，皆以意取象，却又随机生发，极尽其变化。其作品线条似有源自川西山林的原始意象，苍健而灵逸，极具生命之律动，与如水般流逝的时间同在。

气韵生动，形神俱奇，作品的创造性和美术性合二为一。晚清时，书法之道已烂熟，欣赏趣味，超前宽泛，刘熙载《艺概》即问世于斯时。"以欹侧胜者，暗中必有拨转机关者也。""怪石以丑为美，丑到极处，便是美到极处，不工者，工之极也。"其线条构成，既有奥妙无穷的蕴藏，也有微妙莫测的神秘，名山大川、古木苍藤的气象玄机赫然在焉。显然洪厚甜先生将某种自然之力进行抽象提炼，从而转化为一种心灵之力。新作"麻城碑系列""东坡碑系列""草堂碑系列"，以及《看王羲之草书势》，通篇充溢坚质浩气，笔法因运势而外溢，随血脉而充盈，仿佛赏味古老史诗篇章，令人沉浸于此而难以自拔。

观其巨幅长卷，长程鏖兵，伟力嬗递，曾不稍衰；小品闲章，举重若轻，情调充溢，内在变化不可方物。仅观其章法，或以为壁垒森严，实则旁敲侧击，如经典小说，悬念充满，余韵袅袅不尽。

精妙之处，似非人力所为，而殆为神授天成焉。

当风雨来袭，烦闷之夜，旅馆寂寞之乡，翻读其书作名篇，则大有飞剑若虹、腾马如龙之感。此即艺文名作精神慰藉之力也。流水高山，大呼知己，真可浮一大白也。

（《净堂艺迹》，洪厚甜编著，西泠印社出版社2019年版）

追寻美的历程

——周明安画风观察

辛丑年初夏,于成都清玩居举办的"翰墨清欢"周明安画展别开生面地将插花艺术、古玩陈设与书画作品融为一体,为观者呈献了一场立体的艺术盛筵。虽然观者云集,但这却是一个几乎没有发邀请的展览,许多人都是辗转闻讯而来。

周明安先生在画坛早已声誉鹊起,其画作论者众多,然就美学观察角度而言,仍具许多可以开拓、可堪诠释的空间。

前人有云:"连林人不觉,独树众乃奇。"周明安先生的作品渊然具备与他人殊异的个性风格,可以让人感受到传统文化正脉的强烈冲撞。

20世纪60年代后期,参加工作伊始,周明安先生即潜心研习中国画和书法,并向赵蕴玉、周抡园、岑学恭、施孝长、余兴公、徐庶遥、王砥如等著名书画家学习。1972年拜著名画家阎松父先生为师,学习动物画,主攻画虎。1977年作品开始入选美术展览。1980年调入杜甫草堂博物馆,历任专职美工、陈列部副主任,并从事杜甫研究工作,其间游历祖国各地名胜,结识黄胄、何海霞、黄永玉、陆俨少、关山月、刘旦宅、黄笃维、黎雄才、廖冰兄、王子武、方成、沈学仁等著名画家,广览古今名家书画珍迹,书画技艺日益精进。再后来又调入四川省诗书画院任专职画师。

周明安先生在杜甫草堂博物馆工作期间，大量涉猎文史著述，旁及其他杂书，埋头其中，思索浸润，日夜钻研。数量之大，阅读之深，洵属不多见。同时养成非凡的读书研习能力，以书中文字所承载的思想浸润自己的心田，熔铸为自己的智慧、素质和能力。思想驰骋于字里行间，化为自己的气质与筋骨，无形之中形成一种认知及气质上的刚毅坚卓。

读书思索正是其始终追求的修为境界与生命姿态。这一过程也是一种修炼，即清净自守，不为外物惑乱心神；同时也像陶渊明《五柳先生传》所表达的，闲静少言，不慕荣利。这个漫长的时期，周明安先生将复杂的生活简单化，让有限的生命创作出更多的好作品，实现了生命的最大价值。若就生活与艺术深度重合而言，似乎还有更深的潜台词在里面：望秋云、神飞扬，临春风、思浩荡。因此，在周明安先生心中自然形成一种强大的力量，那是一种原初的对艺术的执着与热爱，它始终推动着、引领着他前行。也可以说，自幼少时开始，其美学视野便得到较大拓展，随着时间之推移，咀嚼、体会，艺术逐渐成为他生活中不可分离的一部分，同时也成为他沟通自我世界与外部世界的桥梁。

虽然周明安先生行万里路，纳千斤万壑于胸中，然因履历关系，滇康、巴蜀一带的山水仍是他认识自然山川的基点、开掘的重点，以及乡愁情怀寄托的着力点，并借以从中捕捉创作灵感。

周明安先生的游历笔记，若是形成文字，恐怕一本厚书也难以容纳。中国画的笔墨和自然山川的规律，统合为心灵深处的力量，进入他写生的全过程，他以一种带着中国文化审美标准的笔墨语言深契其中，全身心深入山川河流脉络，与之相识、相知，进而与自然万物融汇无间，达到天人合一的境界。法国大画家德拉克洛瓦认为，在创作中，重要的不是核心理念或主题，而是一个人如何找到灵感，将他的想法以一种崭新的、与众不同的方式表现出来。

周明安先生的作品正是如此，渊然充溢妙造自然与回归大自然本身的气质，作品置身于大自然的怀抱，经得起自然的检验。他深信，群山万籁中深藏着物质运动的伟大力量，有浩浩汤汤波起云涌之势，放眼灿烂星空，无端生起敬畏之心……

周明安先生挥毫作画时，他的笔触坚毅从容地指向了大地，而不是虚空。这种创作态度，源于他成长经历中与时代氛围、乡村环境以及大自然的天然契合。他只是拿起了他充溢着美与力的笔，自在挥洒，如同水到渠成一般，构成了一种令人心灵震撼的力量。

周明安先生早已在画坛奠定其应有的地位。作为在风景中淬炼大美的画家，他的线条源自自然万籁原始意象，苍健而灵逸，极具生命之律动，与如水般流逝的时间同在。大自然的雄深雅健，与其笔墨运用渊然一体。在其运笔的疾徐顿挫间，充溢自然地理的玄机，似乎能够听到大自然无限深邃的回声。大处着眼，细处结裹，显示出画家对山水形胜的独到研判，对宏观和微观的有机把握，并用绘画语言来诉说深广历史地理背景下的人文关怀。

逼真与如画，是站在不同立场对美的事物的两种评价，但对于周明安先生的画作而言，在逼真与如画之间均可观览。逼真，是就其艺术功夫而言；如画，则是将其作品反过来作为大自然范本进行

▲ 周明安 • 《光雾山》

比较，也即是双重的检验。

《黄宾虹画论》尝谓："作画全在用笔下苦功，力能压得住纸而后力透纸背。然用力不可过刚，过刚则枯硬……刚柔得中方是好画。用笔之法，全在书诀中，有一波三折一语，最是金丹。欧人言曲线美，亦为得解。院体纵横习气，就是太刚。明代浙江人画，惟秀水项德新、孔彰叔侄，与邹衣白、恽道生最佳。"此是从技术美学以及中西文化异同角度出发，极其深刻的见道之论。在周明安先生笔下，我们看到了这种深层次的努力，他的作品用笔深邃、质朴，而又巧不可阶，其中包含笔墨造境的力度、长短、疾徐、构成，这是一个综合的艺术系统。

曲线造型的掌握难于上青天，但在周明安先生那里，造型用线构成了其出神入化的表达。线条揖让之间似可触摸到他的寄托、他的锐眼以及充溢智性的想法。无往不收，无垂不缩，调控驾驭，如臂使指，线条保有内在的精严，无一闲置。线条之概括力、结构之可塑性、笔墨之精炼程度，俱在其通盘考量之中。万物竞发，天籁自在，沉静虚和，古意盎然，写意的放达和造型的精切完美融合，和他的哲学理念如出一辙，保持生活与艺术的深度下潜。

周明安先生擅长动物画，其画作造型生动，笔墨洒脱，格调清雅，意境高迈，多次参加国内外大型画展；其著述更为丰赡：《周明安作品集》《周明安画虎精品选》《中国跨世纪美术家画集·周明安中国画动物·山水卷》《中国当代线描资料丛书·动物走兽百图》《周明安写意画虎艺术》《周明安水墨动物小品》《周明安百虎图卷》《写意虎的画法》……读其画，大风大声、气势雄浑之感油然而生。熟悉周明安先生的人多称赞他的动物系列画作，尤其是虎画，其实周明安先生的山水之作尤显笔墨和造境的磅礴力量。曲线出神入化的运用，臻至鬼斧神工的境界，加之近年又以密黑体升华，浓淡相破，宿墨亮之，似空似实，细察却又笔笔分明，神技不可方物，真所谓恍兮惚兮，其中有象。是江山的韵致，更是笔与墨的一片化机。

他的画集与著述均可见其高超的技术掌控能力，即丰富的线条表现形式。心与手高度契合，随物赋形，而绘画对象的质感、量感和空间感，经深度萃取与凝练，既让线条获得了一种颇有意味的现代感，又保持了艺术家本原的气场。线条平易中蕴涵深邃，简约中寓意精妙，既有曹衣出水、吴带当风的气象，更有屈铁盘错、春蚕吐丝的质感。此即追寻美的无限可能性，更深层的是以画家之眼看待事物，技法背后的修养和寄托，观察的力量和修养的力量，那是美的核心要素。

周明安先生的山水画阔笔纵横，大墨淋漓，勾勒与皴擦如斧斫木；构图饱满，气韵充实，极具强劲浩然气概，饱含画家对山川大地的由衷礼赞。在绘画风格上，他的山水画刚柔相济，苍润互补，既有北派山水的高山大壑、石体坚凝，又有南宗山水的林木葳蕤、青红嫩绿，可谓亦刚亦柔，亦苍亦润，充溢着一种韧性的美，观之令人赏心悦目。这是一种壮美，是一种雄奇，是诗的化境，是生活的高歌，更是他胸中的自我。显然，在其构思、创作过程中，已然将某种自然之伟力、自然之意象进行抽绎与提炼，从而转化为一种心灵之力。

他的山水之作充溢着对大自然静观、静参的独有心得，而其笔

剑门

惟天有设险
剑门天下壮
连山抱西南
皆北向
石角皆北向
两崖崇墉倚
刻画城郭状
一夫怒临关
百万未可傍
珠丝传剑门诗
矣庚寅三月
明安写于
蜀郡南陌

周明安 · 《剑门》

墨对此心绪的承载，则以高明的技法控制水墨，使其浑融无间，而具淋漓滋润之效，并辅之以高度成熟的线条，其间持续蕴藏的，是他作为开拓型画家的创造精神。

经过数十年的历练，先生的笔墨技巧已炉火纯青，除了刻苦钻研和不懈努力，他的艺术成就中无疑也蕴含了某种自然天籁传递给他的神秘信息，并且直接形诸笔端，诉诸造型。

芒鞋布衣而行万里之路，这位记录时代风貌的优秀艺术家仍在美的领域稳健前行，多年的摸索创造，伴随对艺术规律的参悟，哲学智慧的运用，使得他心安神逸，禅意流溢，如山中高士。痴情于静思与观察，画风老辣而雄放，他的艺术历程和创作脉络深刻地揭示了他是一位漠视功名、不求闻达，默默耕耘于绘画之苑的艺术赤子。尽管追随者众多，求购作品者甚多，但他却对此躲避和疏远，他深信，画惯市场画的手，很难再回到作品所需的独特的神韵和意境上来，这才是最需要警惕的。

深山穷谷难得尽兴，清水幽兰足以养神。周明安先生抱持着清净自守、明月入怀的生活态度，远离急功近利，养成一双慧眼，以期识得庐山真面目。故而先生的作品是对艺术被异化的反驳，仿佛一剂原生态的美学清凉散。在志同道合的友人眼里，他是一位充满布衣情怀、赤子品格、哲人素养，进以倡扬中国画精神并彰显中国文化人风骨的布道者。

辛丑年盛夏写于成都沙河畔

匠心独运的诗歌精神版图

——《刘道平诗词选》诗艺初探

经过多年的沉潜创作，刘道平先生的三卷本旧体诗精选集由四川师大、成都时代两家出版社联合付梓面世。

道平先生的笔墨都落在了对大地、生命个体的关心与关注上，向着内心深处不停地沉潜挖掘，其中不乏对社会宏大叙事的诠释，但也非常注重个人的内心体验与思考。在经历过旧体诗纷扰落寞的境地之后，道平先生的作品无疑为我们保存下一个不被污染的诗歌标本。

这部体量宏大的诗集作品时间跨度甚大，但恰恰彰显了作者在探索诗歌语言和空间的过程中，所展现出的非凡的理智与自尊。

道平先生的作品惯于借事物渲染一种化实为虚的意象，进以表达某一情感，且意象紧扣并超越现实，由此展现出一种舒缓激越的韵律与节奏。他的诗歌在语言的锤炼和音律的运用上都是下过苦功夫的，正是通过反复的推敲、吟咏，才使其诗歌艺术达到相当高的境界。

与长期沉浸于书斋的作家有所不同，道平先生曾深入社会底层生活，之后又在政府部门长期履职，这些经历可以视为一种另类的田野调查——身体力行，瞩目普通劳动者，而不是以旁观者的心态来写，终以冷峻深思而又寄怀深远的笔法，写下了韵味悠远的华章。

道平先生虽不是书斋学者，但其从政之后，总是见缝插针、如饥似渴地大量阅读，举凡文艺、哲学、社会学、经济学著述，以及近现代政治学经典名作，都在博览精研之列，所以其理论素养和文化造诣极高；他的阅读与思索又与他独特的生活体验相碰撞、相融汇，进而孕育出灵动活泼、多姿多彩而又深邃悠远之作，且极富形容力、表达力。

道平先生的许多作品，形式上是诗，骨子里却是思想性浓烈的杂文，或者说哲理随笔。句法上的奇与怪，实则是思索的结晶。其诗不仅语言新、形象新，情感内容也新，在众多旧体诗作里自成一体。于貌似打油诗般的调侃中，给人以深长的震撼和反思。

"翠鸟齐喑仍有梦，老茶上瘾只缘情。"（《巴山月夜》）此系言志之语，同时也不妨视作道平先生创作的缘起、诗观。

至于道平先生的文艺观，在《诗家门派林立》中讲得很明确："百家总比千家好，毕竟天生万象新。"其还以武则天造字的典故来说明文艺创作无须泥古。

句法与心法

程千帆先生曾说聂绀弩的诗风是"敢于将人参肉桂、牛溲马勃一锅煮，初读使人感到滑稽，再读使人感到辛酸，三读使人感到振奋"。以此来观道平先生的作品，亦有同样的心曲。而其艺术上的明显表现，则是结构、句法的创新，即艺术形式、表述方式的与众不同。他以原生态的见闻及切身体验，聚焦于人生中最普通而又最紧要的事体，写人所未写，突破题材和技术的禁区，并通过深邃活泼的思想进行艺术探索，由此创造了一个崭新的诗歌境界。

句法的突破在于恰到好处地颠倒、重置因果与文法，并以感受为重点组织句子。这样既符合了旧体诗发展的趋势，又为其开辟了超乎寻常的新境界，因而诗作既能保留精美的形式，又能脱去束缚，自由运作。

"问君易水向谁吟？可惜英雄铁了心。天意岂能猜一半，人为或许占三分。"其句法活泼有力如此。寻常可见的事物，如"力乏难支头更昏，就连毛发也呻吟"（《重感冒有怀》），可谓神来之笔。

"纵有闻鸡着鞭手，却无能饭动人时。"（《日暮杂感》）

"柔如未尽香妃泪，深更难销精卫愁。"（《落雨》）

"烟凉处自生霜筱，花艳时谁悲落英。"（《巴山月夜》）

"未见蚊飞犹在耳，难搔痒隔不堪愁。好言一句君须记，吃够当须把碗丢。"（《乘凉寄语》）

"贪功许是神经病，何不疯前趁早医。"（《夜雨滂沱》）

如此种种实验句法，表现的情感内容也是全新的，让人拍案惊奇。如此深刻的领悟，只有神思敏锐的诗人才能在不经意间获得如此神奇之句。

句法的独到能够产生一种悠久持续的力量，从而远远超越有限的文本。盖以旧体诗体量本来就小，句法的讲究出新增加了文辞境界的密度和厚度。

以新词入诗："腰直更兼筋骨硬，任他华发与三高。"（《体检结束叹》）"生在福中三岁童，不知贵贱不知穷。满天星斗长思摘，大笑寰球在掌中。"（《三岁童玩印有世界地图的塑料球》）

甚妙，与苏东坡"惟愿孩儿愚且鲁，无灾无难到公卿"有异曲同工之妙。

道平先生诗集中时有意奇、思奇、语奇之作，如《福建沿海台风》："十恶风摧鼓浪头，九州肠断在中秋。八龙驭月寻新窟，七曜吞云复旧仇。六魄凄凄千古恨，五江滚滚四时流。三心二意天如此，一介书生无限忧。"

司空见惯的事物，恐怕很难从中发掘出诗意；世人遗忘的角落，更难以成为文人墨客泼墨挥毫、登台高吟的创作题材。而对生活充满热情的诗人，不论身处何种境界，不改变其心志，始终怀揣浩然之气，便能以如椽大笔，深情地挥写这些普通事物，进以创造出大量优美动人的诗篇。这些诗篇不仅能极大地丰富旧体诗的宝库，还能为旧体诗注入新的活力。这也是最值得诗家们继承发扬的优良传统。

不过，就传统古典诗词欣赏而言，需有较深厚的阅读基础和素养，否则对于句法新颖出奇的旧体诗作难免隔膜，审美接受的效果也接近于问道于盲。胡适在《白话文学史》中说："《秋兴》八首传诵后世，其实也都是一些难懂的诗谜。这种诗全无文学的价值，只是一些失败的诗玩意儿而已。"胡适甚至说第八首中的"香稻啄余鹦鹉粒，碧梧栖老凤凰枝"这两句根本不通，这是什么原因呢？不过是胡适自我设置障碍罢了！

道平先生的诗作不乏移步生莲的警句，同时精于谋篇，构思好、意境高，章法考虑周到妥帖，做到有章有句，即诗中既有精辟的佳句，全篇又富于整体美。钩沉特殊时代的记忆，《忆当年送电影机六十里》的表达堪称经典,其既写出了山间路途的艰辛坎坷,同时也是对人生路途的形象再现。而在铺垫了路途劳碌悲辛的意象——重负、远途、饥饿、落日、破衣等之后,诗的结尾,诗人写道,"也许娇儿旁门泣,岂知父已作驱奴",则令人为之鼻酸心恻。

以对方设想来落墨,点线面有机结合,色彩鲜明而又和谐。意象有动有静,视角由近而远,再由远及近,开阔细腻,跌宕不羁。其空间感和时间感运用巧妙,使人觉得既在眼前,又及万里;既是瞬间观感,又通连古今,甚至未来;既是写实,又富于想象,思维越过百里千里,从对方那里生发出依依的牵挂。

咏物:寄托与发现

咏物诗方面,视角独到的佳作在诗集中占有相当大的比重。咏苦瓜,言其身柔,言其如玉,"命苦更兼名在外,任他世上笑瓜娃"。《盆梅》笔墨濡染深入腠理,而又开合自如;《古井》里的"万里蓝天独眼收"堪称诗眼;《斗鸡》则不惜笔墨描摹那种激昂紧张的气息,而以"力尽都成桌上餐"结之,意味深长。

咏黄叶,是"到点悄然替下林";咏网络,则言"千千结你我,都是网中人";咏滑竿,则言其徒有蛮力;咏少林寺古杏树,"皱深纳雨可行舟";咏打盹,"乘车人困梦相揉";咏柳,这是一个千百年来的大众诗题,而在道平先生笔下,仍以敏锐的洞察力捕捉生活中的细微小景,增其诗味。

《甘蔗》系咏物诗佳作,"生为人间解苦咸,亭亭剑叶指南天。渐成老境随他嚼,肉绽皮开毁节难";《眼镜》则于矛盾中见哲理,"惬顾当前明白事,奈何沾雾更朦胧"。

《镜子》抒写被动逢迎的无可奈何,《泡茶感怀》则将人走茶凉之现象反其意而用之……

道平先生将镜头对准不为人所注意之幽微处,甚至那些琐碎的事物,也许它们卑微如尘,也许弱如草芥,但是,它们却构筑起这个多彩多姿的世界,并成为我们生活中不可或缺的一道风景。道平先生诗作所表达的不仅仅是文学命题,还有哲学思考。

咏物诗看似容易,实则难,因为很容易落入窠臼,而道平先生翻空出奇的本领深深渗透在构思与描摹中。方言、俚语,此皆原生态语言材料,而为诗人所大量采用。

道平先生作诗甚多,其中不少是绝句体式,虽然看似体格小巧精致,但因思想性的注入,气格上却又颇见大气。拜读之下,但见机趣迭出,不忍释卷。他的这一类作品含有竹枝词的味道,杂文诗的思想,智者的认知,画家的观察力。大抵细微处落笔,大处判断,或以双关隐喻,或以情景交融,或以焦点透视,辗转结裹而生出新意,令人心眼为之一亮。

《婉拒吃火锅》《打油诗》《体检结束叹》等诗均自日常生活所见细节生发,读后令人沉吟不尽。《高原林场弃木堆》则重在点染一种冷水浇背的警醒:"冷斧一挥若等闲,截腰斩臂垒成山。鸣金后退人欢笑,多少良材共阜眠。"至于教养子女后代,则强调传统耕读美德:"三立人生第一功,勤朴耕读不愁穷。传家宝若为思想,夜贼翻墙两手空。"它留给读者的思索是缓慢的、持久的。

《打吊针》的反问式结构,《花椒》转进而另出境界,《办公见闻》的痛彻针砭,《子竹》出人意料的奇思,《高压锅》"从容揭盖"的深意，凡此种种，微妙的情感表达得含蓄而又明确。情感色彩虽各有侧重，但民风习俗的介入、特殊画面的截取，皆显示出浓郁的生活气息。其行文大抵多用白描手法，少用典故，既有民歌气息，又有原创深度。

作者对自然景物有着浓厚的兴趣，常以清新活泼的笔调点染描绘，尤其善于捕捉景物的特征及稍纵即逝的变化，形成情趣盎然的画面，洋溢着浓郁的生活气息。"以身试水验功夫，万砺千磨棱角无。总是暗中摩擦急，可怜圆滑满滩涂"（《鹅卵石》），脉络分明，曲折生动，饱含微言大义，却又含蓄蕴藉，颇具跌宕的思想亮色——此即古人所谓美刺之遗意也。对于社会民生的吟咏、讽喻、评点，以及创作的动力，内里则是始终不衰的正义感和责任感。道平先生之作虽多为短章，却堪称佳制。而《咏竹》更是在古人卓越之作带来的巨大挑战之下，迂回婉转，翻空出奇："拔节青山入翠微，虚心惯见白云飞。一朝截作短长笛，便喜人间横竖吹。"掘意精要，发人之所未发，蕴含着一番独特的理趣。其中涵盖着杂文式的笔调，形式灵活自由，所吟咏的事物集中、凝练、针对性强，通过鲜明的形象来显示一定的意识倾向，那种婉转而不失力度的讽喻、生动、幽默、形象，又透露出一定程度的犀利。自然风物与社会生活交织呈现，艺术感染力随之生成，其间深深潜植着作者的巧思，以及至大至刚、积健为雄的底色与脉络。

思考的高度、情感的深度、表达的精度，以及诗作整体呈现出来的鲜活的生命力，秀拔流逸，超然驰荡，透露出诗人对美的渴望、对生活恒久的热爱。一个完整的艺术生命体，兼容格律美、意境美、文采美和含蓄美，更以形象奇崛的表达来承载出其不意的思维，以一个焦点为中心的多边描写来完成意境的构建，故而掩卷仍觉意味深长。

小诗之美，不在于体格字数，而在于思维与众不同。"高树凌风苦，青苔无照愁。江河低处走，何必望高丘。"（《无题》）这便是逆向思维的魅力。就各种意象的本质处境着眼，一反惯常思维模式，为我们带来全新的收获和启示。

风景的审美承载

写景诗在道平先生的作品集中也占有相当大的比例。其笔下景物多为生活实景，描写范围涉及生活中的各项细小事物，且赋予它们以生命情韵。有的用顺写，工细入妙；有的以正面还题，真如化工肖物。

景物活、意境活，炼字既精，炼意更精，也即景物搬到纸上仍具另一种动感，同时思维的动感与之同在，故能相得益彰。其所蕴含的生活与人生哲理，具有辩证法的精义。王国维说："境界有大小，不以是而分优劣。"道平先生正是以智者的眼光捕捉生活中的细部，借此展现正大的情怀。

"自从邛海入凉山，又一蓬莱别样天。"（《凉山州》）此诗堪称神来之笔，不但有古来形成的自然地理特征，还含有20世纪70年代末西昌专区与老凉山合并之史事。而"木里深山中，信息一遍空。常忆樊南句，灵犀一点通"（《思念文斌》），看似浅白，其实大有玄机。人生温馨深情的一面，就深切地蕴含在诠释不尽的有限字句之中。

"豆蔻凋枯，但青峰顽石自有一种风流。"（《青峰顽石》）"紫气缭幽谷，朱颜卧碧瓯……采得当前景，何必望那头。"（《窦团山游》）说明写景之妙需从衬托、对比、渲染、引用、象征、白描等多种修辞表现手法着手。"细雨湿黄昏，浮烟撩暮春。风磨云作墨，坐看起愁文。"（《暮春独行》）情韵悠长，诗意蕴藉，美丽而不失于浮薄，幽情深意而不失于晦涩，诚可谓雅而健，婉而丽。这也使得道平先生的诗歌于"气骨"之外更添风华。

空间视角与时间维度在道平先生的诗作中屡有表现，此种时空感关乎生命意识，如《咏地球》便是一首令人深思的杰作："宇宙千河汉，地球一粒尘。与生亲日月，到死共风云。异类仍相聚，同人却易分。良知心底有，何必扯牛筋。"

早在蒙昧时代，人类便对日月产生了丰富的联想，随着文明的演进，人类的惊讶、叹息、疑猜也随之层出不穷。"华夷相混合，宇宙一膻腥。"（杜甫《秦州见敕目薛三璩授司议郎毕四曜除监察与二子有故远喜迁官兼述索居凡三十韵》）"大地山河微有影，九天风露寂无声。"（杨载《宗阳宫望月分韵得声字》）。建安十三年，曹操与孙刘联军战于赤壁，某夜，曹操横槊观月，只见月明星稀，乌鹊南飞，于是叹谓："明明如月，何时可掇？忧从中来，不可断绝。"观天象之浩瀚无有际涯，人生无论修短同有尽时。而龙争虎斗，也无非等诸鸡虫之争，于是悲从中来，难以遏止。曹丕在《燕歌行》中亦有类似感慨："明月皎皎照我床，星汉西流夜未央。"在星汉的衬托映照之下，特别容易生发情绪哲思。

古人的这种思绪实际上揭示了宇宙的基本构成元素——空间和时间，并把空间和时间当作一种平滑的连续组成成分来对待。全诗

刘道平诗 徐炜书 •《聚会观感》

玉手纤纤耗酒楼 逅茶带笑捧
珍馐 碧波荡出金壶嘴 丰兆瓊
浆 丰是愁

刘道平聚会观感 徐炜书

虽体格有限，却以微小之境来展现广漠浩瀚之宇宙，并将此意识无限放大，紧攫生命本质的哀痛，其中深藏着物质运动的伟大力量，有浩浩汤汤波谲云诡之势。

发现美是艺术家的特质。道平先生对风景对象的处置，运用摹写、拖放、填色、勾勒、推拉、摇移等多种手法。一方面，他像画家一样重视形、色、光、空间、透视，将写意画中的"写"字融入其中，道出了无尽的天机；另一方面，无论身处山水之间还是红尘之中，他更多的是通过"想"来捕捉灵感，写海螺沟温泉、雷波县溪洛渡电站如是；写信步近游、近观树叶感怀也如是……想，是他的诗作有以善处、有以结裹、有以超越他人而自成一体的独特方式。

中国人画山水用笔好像无所谓，而"写"字则曲尽其妙。中国人始终与自然保持着紧密的联系，特别是山水的形，"以形写神"是诗人与画家的不宣之秘。当道平先生捉笔为文，坚毅从容地指向大地，而不是虚空时，他既未美化也没有丑化时代氛围与乡村环境，他只是拿起他充溢着美与力的笔，旁若无人地自在挥洒，构建着一种震撼心灵的诗歌力量。

生活史的情感记忆

道平先生对生活与工作的地方怀有深深的热爱，这种热爱与他丰富的生活阅历、浓郁的乡土情感交织在一起，使得他的诗作充溢着深切的热忱和人道关怀。

若说怀古是对历史的追问，当代生活诗篇则是对所亲历之事的重温。道平先生叙写的当代生活史篇章，成了读者了解、回味那个特殊年代的一把钥匙。和几乎所有同龄人一样，道平先生虽然曾经生活在难以想象的苦境中，却从未表现过颓唐悲观，对生活始终保有乐观态度，甚至诙谐感，对世道前途始终抱有信心。那个时期，道平先生亲身经历了去古未远的乡村生活，这段经历不仅为他提供了丰富的原生素材，更为他的诗作注入了深厚的中国情怀。而在求学深造与工作机遇的转换中，种种偶然和必然交汇的阅历和感悟直接促成了他的思索结晶。

"露凝曲径正秋初，我负千钧向远途。时望西山遮白日，谁怜瘦骨是饥夫。头晕倒地单糖缺，月偃斜坡乱草枯。也许娇儿旁门泣，岂知父已作驱奴。"（《忆当年送电影机六十里》）"惜别依依步又停，回头掩袖泣无声。哽喉一句叮咛语，莫让手机空响铃。"（《打工告别》）"才见炊烟袅，便闻腊肉香……叙罢丰年好，还求幽梦长。"（《乡情》）"长夜任由安定管，温床未见好梦生。"（《老家春夜》）"老屋苍凉见老翁，无言尽在泪花中。"（《恢复老家旧房》）"遥望千山暗，细听望帝鸣。声声连夜雨，点点触伊情。"（《闻啼声》）

七绝《插秧》把农友的期望值诗意化，以稻花香山之，而辛勤劳作之后，他们的腰板更直，为的是已经"种绿万千行"；"连霄狂雨已无羁，愁望田畴被水夷。力尽扶苗根不稳，难于脚下和稀泥"（《连夜暴雨见农人扶苗》）；《回老家》的华发与乳名，童子的笑声，鄙俚的小名，《回家乡之感》中的山河与流光，愁眉与笑脸，形成鲜明对比；《见山村故人》中的堂前燕子与长吁短叹；《夜叹》中的昏灯与长喟声；同样，"戏说当年稼穑艰，风来雨往几时闲"（《忆昔》），也是对切身所经历的生活史的沉思反省。

诗集中还收录了多首劝诫诗，分别提出歧路、是非、清流等概念，旨在加深读者对社会的理解和认识。"无私易把贤良举，有鬼才将暗箭藏"（七律《杂议》）；"头成分水岭，人笑落汤鸡"（《路逢急雨》），这还只是状物之工切，其后联想到方向、良心之辨，则将诗意发挥得更加饱满深远。

《阿婆买菜》写的是寻常生活小景，却深深刻印着哀民生的心境，感喟深长。《顺口溜》对于人生与岁月的精绝思考，虽以顺口溜名之，但其句法结构却层层推进，蕴含着深邃的智慧。探讨生老病死与功名利禄，"浮尘自遇风来扫，顽石难逃水来磨"，其哲理化形象引人深思。

旧体诗发展到今天，可以发现社会背景的渲染越发的低落，传人渐少，是"骏马下注千丈坡"，这种现象并非文体的增进，实际上正是观察力的退化与跌落。道平先生的优越性即体现在这里，他是高明的画师，随手一抹，即成佳章，其中自有妙谛。强弱巧拙的分寸感也极得体，造成一种醒豁得力的句法效果。他的笔触中，社会背景的渲染烘托，仿佛国画中的罩染一样，一层深似一层，一层密似一层，周到妥帖，其中往往不乏疏松的透风之处，乡村、市井、小人物、社会众生……扰攘的世道，因了文体的关系，好像裹着糖衣，然而细细品味之后，越见其苦涩，读之胸臆充溢深重的嗒然。

出人意料的构思往往使人茅塞顿开，并从中领略到人生的哲理和真谛。作者联系现实民生，准确形象地对某种社会生活与人生现象进行哲理概括，使之与其所寄托的情感相得益彰。《窝棚》在描写了种种窘迫之状后，笔锋一转，写到"春风吹醒荒村树，大笑城中百尺楼"。可见，原生态的大自然才是人类真正的寄托与归宿，因而也不难理解诗人的良苦用心和殷切期望。

不以辩证为目的，却能尽辩证之用。道平先生的诗性观察，一是诗艺观念的革新，二是内容的变换。其最大要件，就是把历史的背阴处移动到明亮的地方来，把寻常的历史图景换成足以代表历史生命的图景，并以此图景来沟通现代人的情感意识。这样，干涸的历史图景顿时活跃起来，转圜成跟今人一样活灵活现的人生。在此，我们惊讶地见识了大地生灵的苦闷与喜悦，见识了他们对美的追求和期盼，那是时间深处绚烂不灭的辉光。

律诗：浩沛的美与力

律诗在道平先生三卷本诗选中占有极重要的地位。律诗因了对仗、粘对和对韵的讲究，颇具难度。我们却看到了道平先生橡笔的从容应对，他以扛鼎之笔力，扩充了律诗的内涵和表现范围，且又极尽变化之能事，合律而无声律的拘束，对仗却不显刻意的痕迹。

"斜照高楼望九滨，横穿桥截碧粼粼。江寒或有鱼知底，山瘦难辞雪压身。僻壤何生蚌井喜，香城堪结草鞋亲。几经追忆当年路，不识新人识旧人。"（《腊八泸定怀旧》）此诗堪称诗集中律诗压卷之作，满含山川与岁月的惊叹。虽说结句有些苍凉，然笔力强劲，气势雄健；通首神完气足，气象万千，而又浑化无迹。

早前观道平先生律诗不多，这次三卷本诗选出版，乃得以饱览全貌，大有惊艳之感，谓之与古人平起平坐，绝非夸饰之言。诸如"江寒或有鱼知底，山瘦难辞雪压身""几经追忆当年路，不识新人识旧人"，此皆抒情之作，也颇具古人心曲，所谓古调自爱，大有蕴藉的思致、沉郁的笔意。在诗画相映的鲜明视觉效果下，哀而不伤，深植着作者敦厚而不乏凝重的情怀心境。

因为句法的讲究，道平先生的律诗多有奇句，比如："昼望游鱼知水紧，夜追好梦叹星奇"（《迁雁》）；"总觉光阴捉弄人，暗惊转眼六旬身"（《六旬吟》）；"古寺钟鸣绝壁上，莽林猴荡半空中；罗浮洞口观天阙，金顶霞光裁涧松"；"老树盘根缠乱石，白云落水溅微澜"，春芳与古木、浮烟与流水、群峰与夕照……风景情怀与历史感俱表现得厚重深沉。

在逻辑意识上，道平先生的律诗保有一种循环往复的效力，即从不同角度层层深入，因而气韵丰美，整体元气浑成，描述自然生态尤为穷形尽相。笔触所到，令人讶异惆怅，情绪陡起波澜。遣词造句，似乎深入物象之血脉骨髓。其对气氛的造设，注重情感意象的急剧变幻，更有寻常遣兴文字难以企及的重量。初读之时，仿佛被其一把揪住，动弹不得，其文字之魔力由此可见。

《大渡河铁索桥》实为律诗之精品，中间两联如下："寒风贯耳针尖刺，白浪吞云乱石旋；暮落疏林归鸟静，尘埋往事御碑残。"《重走甘孜路》同样是律诗之杰作："当年歧路布长荆，颠颠簸簸雾里行。乱世填坑泥水溅，暗冰杂雨鬼神惊。七擒孟获功犹在，六出祁山业未成。大渡河沿听故事，动人处是浪花声。"

道平先生的作品气势雄浑，场景壮阔，色彩瑰丽，想象丰富，句式跳跃，用语跌宕。写奇景，写边塞奇异壮丽的风光，抒奇情，具奇采，表现出敏锐的观察力和感受力。其笔力矫健，既有大笔挥洒，又有细节勾勒，既有真实摹写，又有浪漫想象，意象独造，境界独特，再现了边地瑰丽的自然风光。

同样状写这一带的山川景色，通过"进出逍遥两袖云"（《山寺》）展现二郎山的神韵，可谓得其神采。而在另一首《重上甘孜》中，通过"云舞日边寒气凝"展现甘孜风貌，并融入野草、烟岚、鹃声、雁影、清风等意象，让人深感时空之深邃，万千思绪隐匿其间。

道平先生的叙写可谓深入骨髓。真正的难度在于表达的深度，诗人超越了这种难度，运笔铺陈忧患意识。广漠的崇山峻岭中，这里的民风民俗与中原文化迥异，人民的精神搏动也显得尤为独特，蕴含着别样的生命力，这些元素交织在一起，共同构建出一种罕见的表述。

其五律则以《夜宿五峰山》成就最高，臻于大雅："何处觅神仙，深林问夏蝉。夕阳浮绿水，皓首对青山。松直连峰老，月弯旁杪眠。蓬莱忧逊色，绝胜那桃源。"神仙何其远，夏蝉何其短；绿水何其长，青山何其高。这是与大自然密切融汇所产生的深刻的宇宙意识，这一点也令其笔墨自具一种哲学高度。在宇宙大悲情的笼盖之下，文学不停地挖掘生命中短暂的喜悦，以期突破苦闷和难堪，此亦是生命传承不灭的因由。

结语

一个画面，一个特定场景，一个念头，一个巧遇，一种思绪，为作者所撷取呈现；一段速写，一节素描，或类似一首截句，不经意地随手一挥、一抹、一叹、一记、一捋……言外语意还有千重万重，令人掩卷欲罢不能。精简、冷静，有时仿佛置身事外，若不经意的从容一笔，稍加勾勒，境界全出，而余韵袅袅，令人心惊。

近人论诗，大概是说唐诗以情韵胜，宋诗以理制胜，大致而言确实如此，但于此概括中也失却了多少真义。苏门诗人陈师道深得老杜句法，诗艺上苏轼于其无多影响，江西诗派的领袖黄庭坚更是法宗杜甫，深得老杜气骨。苏轼本人，活泼跳荡，气象万千，更不是文论界所说的宋诗气息。所以，钱锺书先生说，"曰唐曰宋，特举大概而言。非说唐诗必出唐人，宋诗必出宋人也"（《谈艺录》第2页）；又说，"夫人禀性，多有偏至，发为声诗，高明者近唐，沉潜者近宋，有不期然而然者"。道平先生则才气发扬，加以思绪深沉，故其旧体之作并非以理为主，而是理在情中，属于兼有唐音宋调者。

道平先生命笔用意，刻意锤炼诗句，总能把情思表达到极致，观察体验，可谓深入骨髓。慧心触发，从容拈取，精心构撰，高度点染，社会万象中为常人所忽略的种种事项，也由此被赋予新意，令人为之长喟，或者为之悠然而笑。此即心意与手腕。心者，一双睿眼超越表象，探寻到事象的背后和深处；手者，构撰成诗的技术手段，妙笔驱遣，着手成春。两者渊然融汇，可遇而不可求也。

刘道平先生外表朴实文雅，内里沉着持重，带着大巴山的质朴和高原的韧性。其一路走来，始终贴近普通民众，语言既通俗易懂又隽永有味，既展现出学者的气质，又散发着泥土的芬芳，并且和周遭土地的情感日益深厚，充满活力地展现着西南文化朴厚而独特的魅力。他的诗作深具内在爆发力，巧妙地将自然山川和人文遗迹的追述记忆融入笔墨，重塑了历史的韵味和自然的韵律，展现出超自然的光影效果，以及诗化的叙事性和沉思的抒情性。特别是在律诗方面，他成功地重现了惊心动魄的历史风月，使得人文意象的空间更为深广，情绪的条理和艺术价值也由此得到加密和提升。

此次出版的刘道平诗词精选集，可圈可点之处实在太多。笔驱造化，细意熨帖，大者含元气，细者入无间，描摹确凿深稳，可谓从肺腑流出，无一字空设。文字、词汇贴切妥善，复活了大地的精神景况，满含着生命驰荡的律动。他的观察方式，既有一针见血的深刻贯穿，也不乏冰雪聪明的机趣附着，甚至因其与山川的逶迤磅礴合二为一，取得较影片纪录史为震撼的效果。诗作中对自然的皈依，乃是对自由观念的认同；迷恋山水的投入，加深了对自然精神的向往和对山河风月的追随体认。文字的摹写和画师的心曲相似，他刻画山水的眸子，也勾勒山水的体貌，传达整体的气韵。而山水的创伤往往寄托着人的悲情。历史与生命、美与真，皆有机容纳在文字的涌动之中，既不嚣张也不突兀，暗中却蕴藏着巨大深厚的情感力量，再现了对历史的渴求。仿佛携带着历史记忆的基因，长期积淀，至此透露出此种信息，为再现的自然物象镌刻上一种艺术价值和永恒性印记。

时间深处的生命心影

——雍也《回望诗经》书感

《回望诗经》是作家雍也的最新著述，其依托文学古籍或曰历史事件的叙事呈现真实性，晓畅且富有力道的文风呈现学术的通俗性或历史的文学性，但又在相当通俗化和文学性的叙事中保持着历史的真实。值此文风凋敝、文体衰微之际，读之深有触动。

作者以深沉的情感、鲜活的笔触，将史与诗、人与梦、生态与地理、情感与生命、情爱与情怀，娓娓道来。笔端荷载着发掘人文历史、传承情感生命的责任，节点清晰、棱角分明地提取历史信息，勾勒演变脉络，同时也通过文字的延伸，无远弗届地打通时空隧道，仰望远古至今仍旧绚烂的生命心影。

雍也的《诗经》叙事融创作、史学、见识于一体：创作方面，追求清新灵妙的文风、生动活泼的遣词；史学方面，驾轻就熟地运用多种史料文献，善于将生僻的材料隐藏于文采斐然的叙事之中；见识方面，往往以设身处地、换位思考、知人论世等方法吸引读者进入具体的历史场景之中，其评论与见解渊然引发读者的共鸣。换言之，雍也以灵动清新而不乏深刻的叙事，将才、学、识三者有机统一，与崇尚通篇说理的学院派迥然有别，可谓当下著述界的一股清流。

《诗经》产生于一片神奇辽阔的土地，地理单元的独特性造就了独一无二的文化品格，历史的延续性和连贯性又延伸着本区域生生不息的文化传统。作为特定文化区域内人们共同遵守的行为模式，民风民俗承载着深厚的历史积淀，并生动再现了当时社会状况的鲜活场景，不仅有着较高的艺术价值，还具有重要的历史价值。

不以辩证为目的，却能尽辩证之用。雍也的观察，一是叙述观念的革新，二是内容的变换。其最大要件，就是把历史的背阴处移动到明亮的地方来，把寻常的历史图景换成足以代表历史生命的图景，并以此图景来沟通现代人的情感意识。这样，干涸的历史图景顿时活跃起来，转圜成跟今人一样活灵活现的人生。在此，我们惊讶地见识到了大地生灵的苦闷和喜悦，见识到了他们对美的追求以及对自由的期盼，即是时间深处绚烂不灭的辉光。

雍也幼时在外婆家与《诗经》结缘，因此可以说，《诗经》亦是另一番意义上的"外婆家"，从生活场景到日常用语皆然。其间，又不只是古代生活场景对于童年记忆的启示，就连对《诗经》的认识，无论是亲身感受还是间接的书本领悟，均与外婆家有关。且在"莽莽苍苍的荒僻之地，在这低低矮矮的小小院落"，为《诗经》所蕴含的强大的文化力量震撼不已，如此一来，自然产生礼失而求诸野的无尽感喟。

青少年时期的生活经历，可视为一种另类的田野调查。那个时期，雍也本人经历了去古未远的乡村生活，这段经历不仅为他提供了丰富的原生素材，更为他的作品注入了深厚的中国情怀。而在求学深造与工作机遇的转换中，种种偶然和必然交汇的阅历和感悟直接促成了他的思索结晶。在他笔下,《诗经》绝非仅以文学面目示人,而是涵盖了强大人性心影的生命史料,所以他的笔触充满了辩证的能动性。

作者搜拣文字碎片,分封构架下的土地与生命,钩沉探微,悉心辨析,领悟其间的血脉信息,别构一部人生与社会、人性与人文的复杂心史。以诗证史,同时也以创作因应考辩。恰如《一望无际的爱情》的开篇,作者的诗作令人迅捷进入迷醉的时间深处。作为谈《诗经》中的情诗的铺垫和引领,从田畴旷野到男女情愫,作者均做了淋漓尽致的解读与发掘,且与今之乡野原生态民歌互证。美是自由的象征,于爱情亦然。引述学者的论断,进而以民俗、民风的境况加以实证。此外,也从文学、史学、美学、地理学、民俗学等多种角度对艺术起源的指向性进行了印证、阐释、辨析。

关于汉民族歌舞的起源、蔓延、变异、式微的全过程,对人心、人性的影响,以及其传统伦理的载沉载浮的关系,尤其对于先民的舞蹈传统的衰微之因果关系,作者均有着思入微茫的辨析。

无论是考证辨析还是探寻拷问,作者都展现出一种随时随地、自然而然的独特风采。作为诗人、作家、思想者,雍也拥有一种特殊禀赋,即将整部著述考析视为一种创作,而创作的优长又化为叙事的笔触,深入文章的每一细部,这种创作型的研究就其独到的文体风格而言,可谓只此一家,别无分店。对于研判、辩证而言,创作类文字的揳入,尤有画龙点睛之效。

《诗经》中的女性形象非常丰富美丽。这些多姿多彩的女性,像春天原野上粲然绽放的花朵,摇曳生姿,令人顾盼流连；像夜空熠熠闪光的星星，眉眼含情，令人神往着迷；像悠游于天地的清风白云，自由自在，令人心生艳羡；像出没于山川大地的精灵仙子，倩兮盼兮，令人心旌摇动。

然而"清风流水"遭遇"以礼杀人"，遭遇存天理灭人欲，其间的代价，对后世的生存和人心的走向都具毁灭性打击。在作者的反复申说之下，以此回望《诗经》中"女性的一个当之无愧的黄金时代"，则尤为警切。

雍也解诗与前人大异其趣，乃因其解读系从人心、人性、人情出发，例如解读《丘中有麻》《草虫》《野有蔓草》的异同，意义解读系为后人戕害，大动手脚，"加班加点做了个焊接"，而得出结论，"《丘中有麻》绿色无公害，其实不然"。直指要害，确实是关乎痛痒的解读。

《诗经》中所涵盖的饱满旺盛的生命力，幻化为作者笔下的精神气度，其中自然包含着作者知识学养的深度、灵魂境界的高度、情商的宽度与密度。用布封的话说，就是风格即人。文章的厚度，来自博览群书和悉心观察；判断的精切，来自感悟之深和眼光犀利。以文学化、通俗化的语言叙述、判断，以颇具力道的幽默笔调讲述历史，亦庄亦谐、生动形象的比喻表达深刻的历史内涵，以设问的方式增强作品的感染力，就接受美学而言，读者仿佛身临其境。

其作既有高屋建瓴的联类解析，也有单个个体的详尽解剖。散文与诗意的笔触用之于描述，与史家或前人论断相嫁接，获得高度的融合。《打开一首诗歌的钥匙》引闻一多之说，并对照前人论断而加以引申，牵连既广，见解尤为敏锐精辟。"爱情，也只有爱情,才是打开这首晦涩难懂诗歌的钥匙。"

文学的深而婉,美学的悟而透,社会学的广而杂,人文地理的野而逸,各种俚语、典故、歇后语,有机放置于叙述的字里行间,忽起忽落,信马由缰,效果极佳,仿佛在深切的判断结裹之中,忽有幽花照眼的明亮。气势和深刻之外,别有一种诙谐生动,妙趣横生。

"这位仁兄当了皇帝后衣锦还乡,召集原来生产队的父老乡亲吃坝坝宴,在宴会上,不仅有他亲自安排当地政府组织的一百二十人的少儿合唱团助兴""现在闻起这首诗都是满满的酒气""瓜婆娘""躲猫猫""人面猪相,心头嘹亮""生男当个金包卵,生女当个缺角碗"……以民间俚语证史,鞭辟入里,如论述《诗经》时的幽默,其文笔之活力也不遑多让。再如,"他的心情像这时候的天空,几乎看不到太多亮色;他的身心像朦胧的四野,几乎还处于惺忪和疲累之中;他的未来像这时候的天色,几乎看不到光明"(《小公务员的牢骚》),这类形象深切的申说解析,可谓比比皆是。

解析《诗经》中的《皇皇者华》亦然。多角度印证同类作品的各个侧面,不仅场景描写引人入胜,对于人物的心理探究更是关涉戚继光之名作,并加以补充阐释,确乎传神之至。这是梳理《诗经》中的好干部,好在"整个西周像一艘巨大的泰坦尼克号,不断下沉的过程中,出现了不少的警示呐喊之作",甚至将后世的为政之道、履职之心还原到《诗经》的源点之上。

作者对《诗经》中城市民谣的解读令人耳目一新。论时尚与时髦,比之当代,同样显得非常前卫。再引证钱锺书、杨升庵之说,深入剖析西周时期青年人的生活状态,知人论世,见微知著,犀利传神,入木三分。

从客家话看《诗经》遗风，则自语言学、语源学、文字学等角度捕捉两者间若隐若现却又紧密相连的神秘联系，以此力证客家话作为古汉语活化石所蕴含的丰富内涵与生命力。

通过《诗经》考论上古婚恋形态，提出创造性的见解和批判，甚至以当代小说家笔下的描述倒推印证，然后再以《诗经》为基准，梳理两千年来的婚恋的变异。在时间的映照之下，尤见后世理学家违人性、悖人伦的种种不堪。

作者认为，孔子无疑是《诗经》的头号拥趸。在孔子眼中，《诗经》是璞玉浑金，光泽迷人；是百科全书，历久弥新。"虽然举世滔滔，他的内心却自有一份安逸宁静；虽然满目污浊，他的天地却自有一块风烟俱净、纤尘不染的净土……"这恰恰可视为作者的夫子自道，与其形神兼备的自我写照不谋而合。经过一番比勘和论证，孔子与后世解诗者在阐释《诗经》时存在天渊之别，这种心性上的巨大差异似乎可以触及和感知到。

至于谈及日本文化中的《诗经》元素，则拈出日本诗的风味及对社会的折射，其与《诗经》有着间接却又藕断丝连的精神联系。同样是比较，中国的《诗经》和西方的《雅歌》则是比较文学梳理打通的范例，概貌的比较，细部的异同辨析，以及与之相关的各时期名作的举证参照，淋漓尽致而又深入腠理。在空间和时间上，雍也举重若轻地打破了中外和古今的界限，以及各个人文学科的藩篱，发而为文，使得他能够周览四野，不以一方之见而摄万端之变，善于发前人之所未发，启人心智，新人耳目，而且能够纵横交错，左右逢源，创设出一个任由想象力驰骋的空间，达至自由与必然的和谐统一。

《互不相闻的东西方歌唱》一文，堪称思维的盛宴、思想的体操、思索的享受、思绪的漫游，也是对思念之情与思古之情的深刻表达，这些情感在当下持续闪耀，由此凝结成文化硕果，引人深思。至于比勘的方法、论述的手法，经过雍也出神入化的点染，总体到细分，均令人匪夷所思。

这是一部奇书，着眼于时代大背景的宏观和微观现实，由此生成洞察力，并在其独到的语境中表达对生命的崇高敬意。深层次的灵魂拷问，深远的思想追寻，无远弗届，上下求索。鲜明的文化特质、精准的表述心理、独特的气质以及深邃的判断力，共同构筑了一种极富开放性与想象力的表达方式。

2020年12月中旬写于成都狮子山

艺术与自然的深沉美学礼赞

——画家宋光明先生和他的艺术追寻

画家宋光明先生生长于大凉山核心区——冕宁、昭觉、西昌，这片土地素来以大山大水大资源而著称。峦岫回旋，树木森郁，真有惊心动魄之观，神境想象之阔大壮丽罕有其伦；表现在绘画作品中，则是笔墨雄秀苍润，力透纸背。此等功夫气魄，源自巍峨群山的滋养浸润。而在民间，其又有书画艺术之乡的美誉，历来保有传统文化的深厚遗存。此间乡土亦可谓深得书香浸润，当然，更有润物细无声的深切感悟和传统的浸染。

他的花鸟画，用笔简捷凌厉，呈现出一派重神、重韵、重势的水墨世界。加之继承了传统文人画的笔墨精髓，得古法、借他法、有自法，笔墨间深深含藏着大朴不雕的文化品质，咫尺之间，便能营造出深邃幽雅的意境。由于尺幅小，他在创作时选材更为精炼集中，以小见大，以少胜多，构图极为巧妙且富有情趣。论色彩，其画作大多清雅沉着，避免俗气，尤善于在水墨中略施色彩，于若有若无之中构成画面统一色调。

在绘画风格上，他的山水画刚柔相济，苍润互补，既有北派山水的高山大壑、石体坚凝，又有南派山水的林木葳蕤、青红嫩绿，充溢着一种韧性的美，可谓亦刚亦柔，亦苍亦润，令人观之赏心悦目。这是一种壮美，是一种雄奇，是诗的化境，是生活的高歌，更是他胸中的自我。宋光明先生的山水画作品中渊然充溢妙造自然与回归大自然本身的气质，经得起自然的检验，而非似是而非的文艺理论的检验。不论何种画种，抑或同一画种的不同表现方式，最终的价值和高度均以接受自然的检验效果为最高标准。

数十年的绘画艺术历练，宋光明先生业已卓然成家。其早期作品与今之作品相比较，现在的水墨运用更为泼辣深厚。

他多次强调，中国画的精髓即水墨运用。因此，在表现手法上，他将墨法与水法发挥得淋漓尽致，尽显大自然的氤氲之趣、浑融之气。水墨神化，仍在笔力，内里用劲，自相节制，用笔有度，收放自如。其中深藏着传统与现代深度融合的美学认知，也即一种宏识和悟道。

二十多年前，宋光明先生曾与一批艺术家从西昌到木里，再从木里走到稻城，翻山越岭，深入不毛之地，耗时近一个月，这既是对大自然的生命礼赞，也是一场漫长的美学历险。虽然有着难以言状的艰难困厄，但是连绵群山中多有合抱之木的伟岸，更有灌木茂密之阴凉，山上泉流纵横，景物雄秀，野鸟逐队，林木荫翳，冈峦起伏，山势连绵，大有诗意。气息深稳，局势宏阔，仿若迷离的梦境，其所领悟的是大山的洒脱、豪迈、热情、包容、绝壁凌空、雄伟险峻、深壑万丈，令人惊魂动魄。大凉山的风骨与品格自然流露到写生作品中，吸纳着来自时间深处的崇敬和力量。

面对壮丽河山的雄伟气魄，宋光明先生深刻地领悟到了江山如画的内在含义。在写生观察中，他深入探索传统山水画笔墨之间的联系、契合，自此逐渐形成了一套独特的水墨语言系统。

▲ 宋光明 · 《绚烂荷影》

　　在这次惊心动魄的徒步长旅中，他似乎能听见无数祷告在耳边回响，赐予其无尽的力量。它接受着万千崇敬的目光，以伟岸的身姿回应每一份期待；它见证着变化和执着，年轻和衰老，欢笑和悲苦，生和死；它接受一切事物，一切情绪，一切故事，一切可能。

　　一位艺术家，在这样的长旅中，通过多层次、多渠道、全方位的体悟交流，从而与天地人之间的自然大道融为一体。

绘画生涯的中期，宋光明先生迷上了画荷——荷花、荷塘、残荷……恣肆纵横，力量深沉，既融合了浓墨重彩的艳丽，又不失水墨的淡雅与空灵。那是阳光下、雨声中，大自然流淌的韵律，宋光明先生巧妙地捕捉并提炼出这些原生态的美，将其呈现于画布之上。

宋光明先生笔下的荷花题材，不仅为视觉带来极致的快感，更在瞬间造成强烈的视觉冲击。同时，笔力、笔墨、笔性又在捕捉、追寻自然之性，即一种原生内美。肌理感受中渗透出强烈的音乐

▼ 宋光明 · 《趣味图》

性，只有在大自然中沉浸到无以复加的地步，才有这种异乎寻常的识见表达和技术手腕。

画面上驳斑异色，明暗了然。宋光明先生描写光线变化时，其工妙不下于西洋绘画中的印象派。但西洋印象派可以借助于光学，而宋光明先生的荷花题材则更多地融入了回忆和想象，营造出一种更为诗意的幻境——既有雄强的力量，又在笔墨和造型中蕴藏着一种静观内美与玄思大道的神韵。就墨彩、笔法的运用而言，他的这一系列荷花创作可谓是对传统题材的一次技术颠覆，同时也是对大自然内美深度体验之后，又加以还原后的抽绎淬炼。

此所谓万法归一，在于水墨的调和鼎鼐，运用之妙，存乎一心。其艺术语言是对传统笔墨语言的转化和发扬，并将西方现代版画和雕塑的特征融入其中，把新水墨传统与西画的语言、现代艺术的语言杂糅起来，形成一种强大的气场和震慑人心的艺术力量。

宋光明先生将笔墨与结构转化为生存关注和生命追问的载体，构筑起一座展现生命感觉的艺术奇峰。当他的创作与荷的内在生命达至水乳交融之际，没有华丽的装饰，只有彼此的肝胆相照。作为象征意义的荷，在此过程中已经成为穿越时光的艺术本体。无论造型还是结构，以至于笔墨的措置、自然与传统的审美趣味，都与流行的审美趣味拉开距离。

《黄宾虹画论》尝谓："作画全在用笔下苦功，力能压得住纸而后力透纸背。然用力不可过刚，过刚则枯硬……刚柔得中方是好画。用笔之法，全在书诀中，有一波三折一语，最是金丹。欧人言曲线美，亦为得解。院体纵横习气，就是太刚。明代浙江人画，惟秀水项德新、孔彰叔侄，与邹衣白、恽道生最佳。"此是从技术美学以及中西文化异同角度出发，极其深刻的见道之论。在宋光明先生笔下，尤其是他的荷花与荷塘系列作品中，我们看到了这种深层次的努力。数十年的创作历练，笔墨技巧炉火纯青，除了纯技术的造诣，他更是从自然天籁中汲取了无尽的灵感，并且直接形诸笔端，诉诸造型。其间深蕴着他体验自由精神而获得的审美经验，并将这种对自由由衷的感叹外化到笔墨上，成为一种寄托。

宋光明先生笔下的变形、拉开、合拢，用生为熟，变熟为生，屡屡冲击着我们的审美认知。他当然是在陶写一己的胸次，但更是

▲ 宋光明 · 《墨荷图》

在为人心世象立说立行。无者造之而使有，有者化之而使无，底蕴就是生活依据。这种美的历险、美的追求，与寻常的"好看"确乎相距云汉。刘熙载《艺概》认为，"怪石以丑为美，丑到极处，便是美到极处"。宋光明先生气韵生动的用笔初衷，由此可略窥一斑。因所寄托，取诸怀抱，用笔神完气足，浑灏流转，不妨以八个字来概括他的绘画：生命、生机、活法、活力。相信可以得其技术措置的大概。

作为地方官员，宋光明带着深厚感情与初心使命，翻山越岭，走村串巷，深入贫困群众家中，逐一了解实情，对当地的脱贫攻坚与乡村振兴投入了大量的精力与心血。大山深处，印着他深深的足迹，除了物资的输送给予，他还多次组织艺术家深入贫困乡村，这一举措取得了意想不到的良好效果。艺术家们深度介入社会和民生，而村民则得到精神的洗礼……

对宋光明先生而言，大凉山的天空与大地、建筑与植物，都在他的笔下得到了完美的诠释。那是一种注定牵挂一生的缘分，炙热的感情深深地渗透在他的笔墨之中，镶嵌在纸纹深处的每一个细部里。

深山穷谷难得尽兴，清水幽兰足以养神。宋光明先生抱持着清净自守、明月入怀的生活态度，在风景中淬炼大美，远离急功近利，培养出一双洞察世事的慧眼，以期识得庐山真面目。他是一位充满布衣情怀、赤子品格，倡扬中国画精神，彰显中国文人风骨的以画布道者。

时光深处的探寻

——"第四届印道·中国篆刻艺术双年展"拓本序

自2013年起,"印道·中国篆刻艺术双年展"落户成都,本次展览前,其已连续三届亮相"成都国际非遗节",成为该节的重要支撑活动之一。若论弘扬与传承中国篆刻艺术、保护其持续发展,这一展览无疑发挥了举足轻重的作用。同时,"印道·中国篆刻艺术双年展"也是西部地区规格较高的全国性大型篆刻艺术盛会,汇聚了全国各地篆刻艺术名家的杰出作品,无论部委还是省市,皆出面支持,规格之高,涵盖之广,洵为创作鉴赏之盛宴。承办此次篆刻艺术双年展的成员可谓精英荟萃,特别是策展人曾杲先生,其胸襟恢廓,学识渊博,作为印道大展的指挥者、执行者,独具慧眼,魄力非凡,充分展现了其决策力与影响力。

此次展览,囊括之精英,实乃当代篆刻艺术界一时之选。他们的艺术成就与襟袍气概,保有刚健笃实、婀娜流丽之美。其文辞之选择,诸如大象无形、昂藏七尺、云藏远岫、游艺忘忧、不负今生、宽则得众、相期金石并长年、以史为鉴……大有抚创励志之效。其文不外乎言志、感慨,然句句都是不羁之态,刀刀都是自由之魂。在下刀的腠理和石纹的肌理中,这样的情与景,得以瞬间放大、扩展。在有限的方寸之间,大自然的无边风月顿获无限发挥之效果。就情景的状态而言，这些截句印文仿佛幽花杂卉，乱石丛篁，摇曳于穷乡绝壑、篱落水边，仿佛孤寂百年的心灵，虽不显热烈奔放，却始终洋溢着人间温情。仔细品味其精神内核，是想象力稀薄处的逆动，是草枯霜冷时分的"芭蕉叶大栀子肥"，是于无声处有激烈，是无形精神枷锁限定桎梏的冲决、超越，是自由精神的翱翔，有情有趣有胆识，更有大悲悯，这确乎是刀中乾坤、石上世界的真意义。

本次大展得以顺利举办，离不开当代企业家、鉴藏家张劲松先生的慷慨相助。劲松先生乃是有心之士，建企此间，卓有建树，经邦济世，重任在肩。其于艺术之鉴赏，目的在于以兴耕读家风，以复文教隆德。旷怀霁月，高文有典有则；雅量春风，美行如圭如璋。人文价值，交相辉映。值此盛世，创富辉煌，堪称花萼同荣，瑞禽交集。拓本既成，诚可谓青山不老，典雅深沉。岁月乾坤，艺界佳构，价值非凡，懿欤盛哉！

深远朗秀的皇皇大美

——读曾杲银印作品专集《旧时月色》

坊间期待已久的金石大家曾杲先生的银印作品集《旧时月色》正式由西泠印社出版社推出问世了。大气磅礴、雅致高端的装帧与内文作品互为映衬，金石界固然期待已久，就一般美术爱好者而言，也是为之欣幸不已。

《旧时月色》共收录银印一百六十七方，皆乃曾杲先生超凡入圣的心血之作，也是其技术美学发挥到极致的集大成之作。这些作品以巧夺天工的技术手段，引领我们进入了一个独特的审美境界。

近几年曾杲开始尝试刻制铸造银印，仅尝试这种技术手段，即耗费几个月时间。刻制所用蜡为硬蜡，这在材质上与寿山、青田、硬玉等印石全然迥异。银印的创作，技术细节繁多，但有两大环节，即刻制和铸造。刻制和铸造乃是两位一体，系用一比一的比例制作。

蜡上刻制完成以后，放入融化的石膏中，使其充分包裹，取出干燥，然后打出小孔，再经加热，使蜡流出，然后再把高温熔化的纯银液体从孔洞中注入模具，待其冷却后，再去除外层石膏，里面即是成品银印。

其钮形包括竹节、龟形，还有其他杂钮形，但以龟形为主。这些钮形也是他在硬蜡上刻制完成的，由于蜡质脆软，报废的可能性大增，因而技术要求较高。经过长期的试验，现在曾杲先生已经娴熟掌握这种技术，因而极少报废。

书中也收录了数方全形拓作品，此种拓印方式不仅可应用于印章，还可拓展至其他器皿，但其技术要求特别高。值得一提的是，这些全形拓作品在出版物上展示尚属首次。

所谓全形拓，简而言之，是将印章整体立体再现。全形拓出现于明代，在明清两代广为流行，此后一度停顿，濒于失传，如今又有复兴之势。但其技术难度甚高，书中所收录的全形拓作品便耗费了曾杲先生大量的时间和精力。在创作过程中，需手工缓慢移动纸张，奥妙就在于此，轻重缓急全靠感觉掌握。拓完后，其效果与照相技术所呈现的一模一样。五方印章使用了全形拓技术，仅此就耗费一个半月的时间。

中古以及上古时代的印章多为铸造，曾杲制作银印，其中一个心曲，即是要在精神方面还原古人的韵味，以期与前贤在时间的长河中产生共鸣，彼此心灵相通。

曾杲的银印，在技术和美学境界上对于古人也有全新的创造。其一，在银印上刻制边款，此为史上所无。其二，出版个人银印专集，此为史上所无。其三，将纯银质的印章制作为套印，也是史上首次。下一步曾杲还准备着手铸造纯黄金印章，相信不久以后读者将会欣赏到另一种含蓄而深远的皇皇大美。

从本质上看，银印作品与印石作品具有内在的一致性，即绘画的时空感和书法的造型美都融入每一处细节中。曾杲在前人的基础上广为取法，融会贯通，以印外求印的方式创造性地承继了古人的

曾杲·『豪华落尽见真淳』印底及印章

创作模式，达至天趣妙成、出神入化的境界，因而金石有画风、诗风、书风。除核心的锲刻艺术之外，其创作还融入了众多其他艺术元素，使得诗境、画境、书境等多种艺术境界相互交织。因而，这部银印作品集展现出灿烂丰富的艺术风格，呈现出美不胜收的艺术画面。

高远的精神回望、高难度的技术手段，使得曾杲的作品不衫不履，自非寻常。而融会贯通的运刀技巧，诸如以通感的手法进行意象审美和笔触创造，进而探寻字外之致，呈现出一种天然去雕饰的象外之象、味外之味……此外，注重残缺刀法的运用，在传统的冲、切之外，辅之以敲、击、凿、磨等手段，极大地丰富了篆刻艺术的表现形式，并创造性地将篆刻艺术中刀石效果产生的金石味上升到残缺美的另一境界。作品"无岁月可回头"的刀法巧妙地展现了笔画蕴含的沧桑滋味；"阿弥陀佛"吸收了鸟虫篆的刀法，而又有美术造境的用意；"大观"的运刀举重若轻，含蓄中透露出低调的伟岸。而"无意"一印，刀法与笔画交织纵横，密集到不可思议，集束式的冲击力举重若轻，取舍裕如。凭借长期研习所得的旨趣和韵趣，掺以己意，放手篆刻，最终成就一种全新的、非他莫属的皇皇大美，意气的酝酿将创造性发挥得淋漓尽致。

明代印论家周应愿曾在《印说》中写道："不著声色，寂然渊然，不可涯涘，此印章之有禅理者也；形欲飞动，色若照耀，烈龙忽蛇，望之可掬，即之无物，此印章之有鬼神者也；尝之无味，至味出焉，听之无音，元音存焉，此印章之有诗者也。"这正是对金石审美境界的高度概括。曾杲可谓用刻刀将这种境界进行了完美阐释，从他的作品中可以更加深切地感受到，先贤所创造的方块汉字真是大智慧，每一个单字都是一个信息集成块，而复合词组之深意更加耐人寻味。

少年时期，曾杲对成都街边的古玩印章一见钟情，这段经历为他带来了许多心灵的震撼与转折，仿若一种旧时月色，恒久地照耀着他的艺术心境。自此以后，他以耐心、细心、慧心、恒心，勇猛精进、沉潜覃思，终于创造了不可方物的金石神品，方寸之地，气象万千。

《旧时月色》所收作品呈现出丰富多样的境界：宁静，如一泓秋水，映着明月；悠远，如大漠微风，不绝如缕；跌宕，如高山坠石，訇然而下；天趣，如泉石激韵，和若球簧；多彩，如虎豹炳蔚，神采照烁……光辉照人的文采实则又是一种深沉的内涵，而其金石作品的文采正是如此，郁然于内里，焕然于外表，彰显出一种高华的气质。

▲ 曾杲·"豪华落尽见真淳"印章及印底

深沉感情朴茂光彩

——读《巨擘传世——近现代中国画大家陈子庄》

近几十年来，论述陈子庄先生生平及艺术精神的文章所在多有，然而陈寿民先生的传记新书还是令我们耳目一新。寿民兄的着眼点在于画家艺术精神的心曲，也即其超越性之所在。

该书配有多幅画作，对于陈子庄先生的经典代表作品，寿民兄在正文之外，又辅以单幅单列的文字阐释，时间地点、创作初衷、以及审美要领，简明扼要，提纲挈领，既与正文相辅相成，又是独立的鉴赏文字。

全书结构，既有纵向的编年式人物履历发展史，又有横向的专题论述，与古人、与其同时代人、与其师友间的比较，两者合之，构成一种浑然而立体的完整性。

于是，画境、人格、追求、趣味，以及独此一家的技艺，稚趣横生的浑厚笔墨，在其娓娓道来的叙述中迭次呈现。这是立体的，而非浅层的；是综合的，而非片段的。"陈子庄在表现手法上不追求物象外貌的逼真，为了传神并且表现物象内在的生命力，往往对描写的对象作大胆的变形和夸张的诠释。无论在写意还是写实上都高于其所描画的对象……扩展和深化自己的艺术见地和表现技巧，是因意立法的身体力行者。"可见其对大自然的体悟见解，是由其

▲ 陈子庄·《山水小景》

特有的艺术技法、独有的画境来体现的。

　　南朝谢赫《古画品录》所举六法，以气韵生动为绘画批评之最高准则，其次为骨法，而骨法归诸用笔，这也是六法的核心所在。而陈子庄先生的用笔正具有符号性意味，可以说，只此一家，别无

▲ 陈子庄 ·《川西民俗》

分店。其间蕴含动与静的高度辩证关系和精神气势，也即非他莫属的蓬勃灵动的生机和节奏韵味。

陈子庄先生生长于民国时期，那是一个烽火连天、动荡不安的时代，然而，它同样孕育了独特而璀璨的艺术光彩。除了艺术上的多彩呈现，陈子庄先生所展现的生存智慧更是令人瞩目。其世事洞明、人情练达，对世事与人事皆有着高明确凿的判断，那是一种安静而深沉的远眺，而本书作者寿民先生则精确地掌握了陈子庄先生的性格、思想、趣味、画理……故而，在其笔下，定位点染，鞭辟入里，多给人醍醐灌顶之阅读效果。

陈子庄先生的技法既有古代、近代大家的影子，更有他自己的发现与创造。其交游接触到的都是近现代以来的顶级艺术家，如齐白石、黄宾虹……有他们的言传身教，天赋极高的陈子庄先生豁然开朗的体悟自然不少。陈子庄先生的艺术精神阐释不尽，但其基本精神于此书可略窥大概，在寿民先生平实、扎实、充实而又高明婉转的记述中，许多视角、路径，以及可供解说、阐释的空间，自然而然延展开来。

之所以说陈子庄先生是四川、中国乃至世界独一无二的艺术家，答案在本书中清晰可见。那就是艺术的伟岸、人格的坚忍、精神的超然、个性的特异、技法的独在……构成一个可亲可佩、阐释不尽的陈子庄。

（《巨擘传世——近现代中国画大家陈子庄》，高等教育出版社2017年版）

淡烟疏雨忆罗依
——九寨沟县行记

多次观览九寨沟县罗依片区影像资料后，对其深山民居的向往之情一天浓似一天。

初到罗依，只觉满眼苍翠，气象万千，一切世俗烦恼都在这一瞬间涤除净尽了。从县城前往罗依，沿途江山如画，青翠迎人，山花满树，景物为之一变。

罗依在九寨沟县西南，平均海拔一千八百米左右。此地乃一峡谷盆地，形似葫芦，峡口极窄，大有一夫当关万夫莫敌之势，入之则又豁然开朗。这里常常雾笼山头，云铺谷底，但转眼间又云开雨霁。这里四面环山，绿水萦绕，半山腰是明清风格的藏、汉村落，不时升起袅袅炊烟，谷底和斜坡皆是团团簇簇或星星点点的醉眸野花。

村寨坐落于气势非凡的硕大山坳之中，仿若被巨人有力的臂弯环抱。房屋大多依山傍水，梯级分布，鳞次栉比，雄伟高峙，诚罕见之奇观。半山腰气候温和，是为理想住地，居民星罗棋布，或疏落或繁盛，且皆以上等三合土而建，黄土垒墙，条石基脚。厚墙厚顶，结构严实，冬暖夏凉。一栋三行六间，中间厅堂，两边厢房，厅堂后为板梯间，此即典型的干打垒式建筑。通常干打垒式房屋多覆以干草，但此间则多系瓦房，属于上等干打垒式建筑。房型妥帖含蓄，稳健明爽。若谓远离喧嚣，结茅读书，兹为最胜。惜行脚人匆匆来去，非有闲人，不能优游久待，真无山水清福。

罗依片区下辖四个村，顺河村、罗依坝村、河坝村和大寨村，总人口约三千。居住相当集中。日出而作、日落而息，经过先民的生活实践，天人合一的理念被发挥得淋漓尽致。民居多顺应自然之势，建于地势高爽的向阳坡面，使村落与沃土良田、山形水势有机融合，形成山、水、田园、阡陌、村落和谐共存的生态格局。

若站在两侧山巅，可以将整个乡镇的山光尽收眼底。就历史溯源而言，罗依自有不凡的身世与风貌。因其地处偏沟，汉藏杂居，与外界的融合较为缓慢，很多传统的建筑格局得以保存和传承。这里不仅是九寨沟县独具一格的传统建筑文化宝库，更是藏汉人民世代交融的文化见证。它所呈现的动态嬗变的历史进程，不是滞固和平面的，而是活态和立体的。最初，罗依人系从外省游猎入川，辗转落居于此，后族聚而居。村落始于明代，现存房舍多建于清代，历经岁月洗礼，近些年虽有所翻修，但依然保留了古代的传统格局。农耕文明留下的可贵遗产，因了数百年的传承繁衍，不断修缮乃至更新，蕴藏着丰富的历史信息和文化景观。

数匹大山高高拉起，直抵天边的白云，又互为掎角之势，迤逦连绵，山势之雄伟宏阔令人心惊。如此这般崇山峻岭，往往云雾浩瀚，覆盖巍峨群山，淹没丛林江河，天海一色，令人颇为惊心动魄。村落间流泉潺潺，绕屋而出，多削竹筒接引之，由檐阶而下，颇便于截取，清韵泠泠，使人神爽。屋旁菜畦麦垄，欣欣向荣。在这里，居民们常与雨露星辰为伴，随时可嗅到泥土的芳香。

此间生态环境的高妙，乃由于两大原因：一则当地汉藏百姓秉承爱护大自然的传统，视山水为灵物；二则退耕还林后，当地实施"山顶戴帽，山腰种稻，山脚数票"之方略，山上梯田周边植树已颇具规模，山腰主要种植粮食作物，山下则为适合市场需求的经济作物。沿途风光旖旎，绿树苍然，虫声唧唧。老百姓生活尤为闲适。

日出而作，日落而息，并不是老庄的无为，而是对物我一体的本元的领悟，其存在的基础必然根植于孕育万物生灵的泥土中。在罗依，黄昏来临的情景最为神奇，当夕阳衔山、彩霞似锦的时候，山民沐着晚风归来了，断续的歌声响起，野鸟匆匆地掠空而过，静谧如水般渗透过来，一切复返古朴安详。

通常情况下，那些过度依赖自然资源生活的地方，环保状况多不理想，或者林木荒枯，牛山濯濯，或者泉流畏缩，水土流失，以致名山胜水黯然失色。唯有罗依林木丰美，葱茏森秀，野花烂漫，浓艳照山，多有合抱之木的伟岸，更有灌木茂密之阴凉，山上泉流纵横，田畦肥沃。历经数百年的变迁，农桑价值依旧不减。

罗依的农耕风光令人倾心，粮食作物有玉米、黄豆、洋芋、荞子等；经济林木有苹果、花椒、核桃、甜樱桃、葡萄、梨子、杜仲、漆树；中草药材有天麻、党参、当归等。其土壤未受污染且远离工矿企业，乃最佳绿色农产品基地。千百年来，勤劳的百姓们在这片土地上辛勤垦殖，无意中造就了天人合一的壮丽景象。正是这些勤劳厚朴的先祖，成了梯田的催生者，若非如此，可能这里还是濯濯荒山呢。靠着汉藏老百姓的坚韧和毅力，他们一抔土、一根草，一尺一寸，垦殖开来；一滴汗、一滴血，逐渐把荒山变成了沃土。其间历代民众辛勤垦殖，所蕴藏的丰富故事，可能比它丰富的出产还多。

此间民风淳朴，物产丰腴，频年安然无惊，现在地方力行建设大政，为老百姓广筹生计，也即为地方大启利源。在此背景下，旅游业得以蓬勃发展。罗依这一方鲜为人知的高山秘境，吸引着越来越多的游客前来探索。

旅游业产业链较长，具有一业兴、百业旺的特点，拉动经济效果明显。九寨沟各乡镇，诸如双河、保华、勿角、郭元、草地等，各有千秋。其中，勿角民族生态旅游试验区、大录古藏寨景区，业已形成全域旅游格局，为当地群众提供了可持续的增收途径。白河金丝猴保护区、勿角大熊猫科教基地，保有四个休闲农业专业村、林业生态旅游发展重点村，同时又推动农旅融合发展，为当地的经济发展注入了新的活力。

虽然这些乡镇不如核心景区那样赫赫有名，但它们无疑是旅游经济的战略预备队，对九寨沟旅游经济持续健康发展具有正面促进作用，为潜在的后发优势搭建了聚合发挥的开放平台，使政策和市场机遇找到了叠加释放的战略引擎。

独特的自然地理生态使得罗依旅游业的后发优势逐渐凸显，同时也为旅游业带来新的发展空间。九寨沟核心景区已有数十载的发展历史，环境压力不断增大，旅游资源开发与保护的平衡关系备受社会各界关注。罗依及其他乡镇的民俗旅游、农耕旅游正可成为其缓冲和延伸，借以丰富大九寨的内涵。

经过近二十载的努力，罗依以粮食为基础，逐步拓展了天然食品、绿色食品、保健食品，以及生态肉加工项目；季节蔬菜种植已形成规模效应，种养规模化生产格局斐然成形，罗依正稳健地行进在农旅休闲发展的良性轨道上。在当地致富能人的带领下，罗依数千亩土地实现了流转，种植具有地方特色的水果，合作社按照"公司+合作社+基地+农户"的模式，带动周边的农民共同迈向产业化经营之道。随着世外罗依度假区的建立，吃、住、行、游、购、娱等旅游服务设施更加完善。同时，产业园已成功开发了红酒、高山雪菊、苦荞茶、九寨蜂蜜、美椒酱等高附加值产品，实现了从资源向商品的成功转型。

今天的罗依，并未因地理位置的偏远而没落式微，反而更加富饶美丽。众多生态产业在这里蓬勃发展，在历经沧桑之后，罗依所焕发的是另一种生命的光辉。这片古老的土地，保有大量独特的历史记忆，持久发散着一种独特的精神文化内涵。

最难忘怀蒙蒙细雨下的山峦幽谷、林间小径，以及林间坡地里野鸟清越飘忽的鸣叫。寄兴林泉，体察自然万象，汲取山川灵气，纳丘壑于我胸臆之中，假如冥冥之中真有所谓命运之神的话，逗留罗依，可以说是上天对我最丰厚的恩赐。

夜色降临时，我们才离开罗依，夜色下的罗依更加厚重神秘。是夜无星无月，景物皆笼罩于夜幕下，只有那路边迷离的灯影在淅沥的雨声中摇曳，不断触动我记忆的闸门，一些旧事和新的企盼潮水般涌上心来。此刻，十里红尘，舞榭歌台的尘烟梦魇，已在千山之外，不复扰我思绪。

我们初履罗依，时值初夏，三三两两的汉藏农友正在田间劳作，仿佛正无声地讲述着那久远的拓荒历史。

面对起伏跌宕、气魄宏伟的山峦，我们感受到了一种零距离的亲近与和谐，相信即使经过漫长的岁月，这份感受也依然会鲜明如恒。

往事如烟

——赏味《郑逸梅文稿》

《郑逸梅文稿》是1981年出版的一部以文言文撰述的赏艺小品集。这部仅有八十多页的著作,伴随我二十多年,我时常拜诵,深感其中蕴含的深意和韵味。

郑逸梅先生的作品,大多深于历史感、兴亡感。自辛亥革命以来,历经动荡变革,世事沧桑,人事更迭,他感触殊深,并载笔其中。所谓尺幅千里,郑公足以当之,此尤见于他对时空的措置处理。

这本小书大多是郑公为友人、前人著作(包括艺术作品和文学作品)所写的鉴赏题跋,涉及碑帖、书画册页、扇面、诗卷……尺幅寸缣,无不古艳斑斓,文字空间是那么富含余味,文字张力则是那么完善允足。有的只是三言两语,他点到为止,而意绪的蒙络却是那样婉转不尽。其言外之意,不仅拓展了思考的空间,更在文采上展现出饱满粲然之效,极大地增强了短章小品的意味持久释放之力。读之固有负手低回的想望。

郑公是运用古典词汇的巨擘,虑周藻密,对辞藻的甄选极为精细,诸多绝妙好词一经他手,词汇生命力顿时复活。那些看似沉寂的辞藻在他笔下获得新生,生成语词的全新语义。他对词汇的驱遣安排展现出天然的警觉、敏感和浑朴,其特征为量多、风雅、妥

> 明窗之下，罗列图书，琴尊以自娱，有兴则泛小舟，吟啸览古于江上，诸荟野酿，足以消忧。花鲈稻蟹，足以适口。又多高僧隐士，佛庙绝胜，家有园林奇石曲沼，高台远照，鸟流连不觉日暮。
>
> 郑逸梅病腕

▲ 郑逸梅 · 《手札》

帖。享读之余，每多惊叹。

郑公自谦补白，人皆以补白大王视之；而在整个民国时期，实为一支独树一帜的文学劲旅，训练有素，粮草充沛。于今文化凋零之背景下，更是给人以无尽的滋养和慰藉。

补白大王记人物逸事，包括此书以外的大量文字，如《艺林散叶》《南社丛谈》……多为第一手材料，此为其独特价值。而叙述结撰，绝非材料叠加，字里行间蕴含着深刻的价值判断、审美衡定，乃小文章组成的大著作。其人品的温醇清峻贯穿始终，即使在专制肆虐的年月，也尽可能地保持了人格的独立，不惊不诧。

他的早期文字字斟句酌，中年至晚年则如臂使指，运用裕如，表达与被表达，达成浑融的一片，出以周到、雅俊、自然的面目，果然是千锤百炼的考究。

（《郑逸梅文稿》，中州书画社1981年版）

闲暇三昧

如果没有人文的渗透，空山无人，水流花放，有何意义？又干卿何事？大自然的底蕴，委实多在人的心情附着中。在对待闲暇这件事情上，最可看出古人对自然的终极期求。孤云来去，苔荫昼梦，一松一竹，皆成朋友。真得闲暇个中三昧者，首先是身闲体闲，其次是心闲意闲，缺一不可。"枕上诗书闲处好，门前风景雨来佳"（李清照），为什么呢？陆游说了，"卧读陶诗未终卷，又乘微雨去锄瓜"，闲处好就好在拿得起放得下。红尘不来，渔樵唱晚，这一切都必以放得下为前提，读诗未毕，又遭俗事所扰，道出闲暇的真境真趣。无事忙吗？不忙。王安石的"细数落花因坐久"，是长闲；韩愈的"寻思百计不如闲"，是顿悟之闲；韦应物的"尽日高斋无一事，芭蕉叶上独题诗"，是清闲；王维的"晚年唯好静，万事不关心"，是安闲……契诃夫多次强调，他深爱坐在屋中，窗外雨声淅沥，没有烦人琐事来打搅，乃生活的极境。想来，他在很多时候也大可自谓羲皇上人了。

画家刘二刚则将一个闲字烹成精神佳肴，他最懂闲中三昧。他说："五十几岁的人了，兴趣仅在关门自画、自嘲，有人说，你闷吗？坐下来，抽支烟，泡杯茶，或笑或嗔，或引发些联想，闷什么！"闲是天性，仿效不来；闲是智慧，与矫揉造作无缘。精神澡

▼ 刘二刚 · 《钓鱼图》

大鱼钓不到，小鱼也将就。二刚

雪，自有乾坤，妙处难与君说，也不足为外人道。鄙人不才，尝为琐事所苦，春秋佳日而怅然不乐，忽念刘二刚有一画，乃一夫子教鹦鹉说话，题目就叫《有人来就说我不在家》，观之惕然有省。刘先生乃当代文人画扛鼎之人，其画其人大气流转，妙趣浑成，直探人心与文心最深切处，他是契诃夫小说中常常出现的痛恨庸俗的那种艺术家，想起他，就想起钱锺书先生"东海西海，心理攸同"的论断。"有人来就说我不在家"，自闲中得来，真无上之灵药，诵之顿然失笑，豁然忘机也。

写景的忧郁

为叙述艺术的需要，小说的写景更多地要遵从人物、动态、心理、结构、情节的规律，不能游离于总的构架之外。有的景物描写堪称神来之笔，若是提取出来单独鉴赏，就要失去原有的神韵。倘若我们读俄国小说大师契诃夫的小说，总能深切地感受到他的小说写景，在情与意的融合交汇方面，与我国古典诗词有着神似之处。即使将其小说中的写景自然段提取出来，也犹如不分行的诗，或谓诗意蓊郁的散文。

比契诃夫早数十年诞生的德国著名小说家施托姆也是写景的专家。他的家乡在德国北部的海岸边，那里的风景本身便带有一种悲凉沉郁的气氛，加之施托姆又以深刻的怀乡病为精髓，所以他小说里的风景便染上阴森的气象。固然，这当中有着强烈的、沉郁的诗味，但我们读他的小说，总会被引介到一种悲哀的境界里。若是在晚秋的薄暮，拿他的《茵梦湖》在夕阳的残照里读一次，读完之后便不得不惆然若失。同是以写景著称的契诃夫，我们读他的小说，其感受与读施托姆却很有不同。何也？施托姆的艺术融合了写实与浪漫，堪称一个纯粹的抒情诗人，小说是他诗歌艺术的延伸，直接的抒写是他主要的方法，出世的艺术气质要多一些；契诃夫则往往以景物容纳其所表现的人物，调子是深微而忧郁的，像是一方岑寂的池塘，荡漾着凝重的氤氲。契诃夫对生命无谓的消耗和折磨发出了深沉的喟叹，他将生命意识融入自然风景，使之不再作为一种抽象的原理，而是赋予了风景描写鲜明的个性和深邃的哲学意义。他是诗意的写实主义者，擅长点染一种忧郁而美丽的气氛。

> 晚霞已经散去，天上的繁星变得越来越灿烂。草虫忧郁单调的鸣声、秧鸡刺啦刺啦的啼叫没有破坏夜晚的宁静，反而增添了单调，似乎那些柔和的叫声不是来自飞禽，也不是来自昆虫，而是来自天上俯视我们的繁星。（《阿加菲雅》）

> 再往后是那个安适的绿色墓园，白十字架的墓碑快活地往外张望，它们掩映在苍翠的樱桃树中间，远远看去像些白斑点。叶果鲁希卡想起每逢樱桃树开花，那些白斑点就如同花朵混在一起，化成一片白色的海洋，等到樱桃熟透，白墓碑和十字架上就点缀了许多紫红的小点，像血一样。（《草原》）

这就是契诃夫的文笔，貌似安详宁静，实则忧伤到了极点。他歌唱大自然，歌唱巨人般的祖国的辉煌壮丽之美，总是将感受与智慧的眼光结合在一起。小说的写景，始终洋溢和浸透着知觉和情意的新鲜感。夜晚的森林充满美妙的自然生命和感伤的情绪，草原则是渴望幸福的邈远象征。他用自然的笔触表达出这种平淡的氛围，却给予我们深刻的印象。

小说的写景，绝非对自然景象的单纯描摹，高明的作家往往凭借特有的艺术感悟，选取那些足以表现情思的事物构成具体鲜明的景象，进而创造美的意境。我们读中国古诗中的绝唱之句："高台多悲风""蝴蝶飞南园""池塘生春草""芙蓉露下落",觉得情寓景中,含情而能达,会景而生心,灵通深刻,有神化之妙;而读契诃夫小说中的写景段落,也感到景语即是情语,是上好的美文,尤其是他能于运笔中从容迤逦写来,正要有淋漓尽致之感时,却又戛然止住,读者往往能从小说人物的心境和处境中推断出许多弦外之音。

文学史：在泛滥中怀旧

——以《萧山来氏中国文学史稿》为例

新时期以来，短短二十余年间，竟有千余部文学史（参见《工人日报》2005年2月19日），而截至2008年，其数量更是达到六千余部（参见《文汇报》2008年9月22日），若说前一个数字令人震惊，那后一个数字则令人震恐了。不过《文汇报》评论文章说，文学史写作至此已经十足垃圾化。与次等货色周旋的滋味如何？则除逐臭之夫外，未有不掩鼻者。

今之文学史作者对旧学的衡定梳理，不是看走眼的问题，而是盲了眼的问题，而且是心眼两盲，要寻觅文学史的新思想，还要到旧书里头去。

近数十年新编写文学史，研究人员较百年前增加上千倍，然视前人著作，仍是望尘莫及。在前贤文学史精准、精确、精切、精妙、精彩的相形之下，今人伧俗的面目更显可憎。

郑宾于先生的《中国文学流变史》，其实是紧缩到诗词歌赋的历史，全书一千多页，才从上古讲到南宋，可谓一部狭义的文学史。他在这条特定的文学之河腾挪翻覆，仿佛手执金箍棒大闹天宫的孙悟空。全书写得质实绵密，巨细靡遗，拿着显微镜默察到底，文体流变的轨迹细如毫发。作者于1925年动笔，写了七年才写完，甫一出版就不胫而走。他观照文学的方式与来裕恂先生的史稿恰成两个有趣的极端。

郑振铎的《插图本中国文学史》则从上古写到明代，行文风格娓娓不倦，与郑宾于有相似之处。另外，他较注意非正统的文学样式，民歌、宝卷、弹词、鼓词等均予以瞩目，颇具开创之功。

胡适之的《白话文学史》则好像一个正餐大菜吃腻了的食客，偏要去寻找野蔬山芹，行文跳荡躁进，但他把杜甫、王维都拉来归功于白话文学，到底还是牵强。

像柳存仁、陈中凡、陈子展、柯敦伯、张宗祥等人分头撰写的历朝断代文学史，合为一部《中国大文学史》，用笔相当从容，自成一家之言。虽属集体著作，但个性自在其中。

刘麟生主编的《中国文学八论》则从文学体裁切入，分散文、骈文、小说、诗词、戏剧等，观察角度又为之一变。钱基博的《中国文学史》则邃密精详，具体而微，作家合集、别集搜求殆遍，规模宏大，剖析源流，援证淹博而推阐精详，自出手眼尤见创辟。

清末民初为现代学术创立时期，这个时期的两三代学人仍执学术之牛耳而巍然高竿。盖前人无此写法，今人却已失却学术土壤而难以望先人之项背。

最近旧籍新刊的则有来裕恂先生的《萧山来氏中国文学史稿》，尘封百年而得以重现天日，真是不幸中的万幸。他像京剧的名角，往舞台中央一站，满堂的气氛都是他的，又像国画巨子，一笔下去，满纸的气氛都出来了。总之，眉目朗然清晰。

该书绪言起句就说："置身于喜马拉耶之巅而东望亚洲，岿然一四千年之大陆国……"乃以遒劲笔法振起，气势磅礴。接着简述近代国家所处困境,历数古代学术之灿烂,并反复驳问,何以学术未转化为进化之助力,反成扼制之瓶颈?先生曰:"则以泰西之政治,随学术为变迁,而中国之学术,随政治为旋转也。"这才是造成困境之关键枢纽。先生又举欧陆学术之大宗,谓其以学术之力转移政治之方,开创性地以知识分子的自觉来观照学术的处境。最后讲述文学之为用、其在学术中的位置,作为著书之缘起。全书只有十余万字,言约意丰,简明条畅的叙述中,峰回路转,作者之用意阐发得淋漓尽致。

萧一山先生认为,清代之汉学曾出现瑰丽之奇观,不幸最后走向末流,"清儒最精诣的地方,未能实施于一般社会,而只在故纸堆里盘旋,以经义训诂掩蔽了一切,买椟还珠,日趋于琐碎支离"(《清史大纲》,62页),失却了治学的目的,难怪后人要痛诋之了。何以至此惨切的地步,来先生绪言已将要害揭橥出来,至第九编更将汉学与宋学之对立情形所造成之拘泥拈出。

第二编第八章讲述先秦诸子的起承转合、流别异同,在分叙与综论中抉发得失,推求的方法是何等高明。第四编将文笔之分推至先秦诸子,眼光如炬,其间亦梳理古人文体认识的涣散,有似今人称近体诗为古诗。

第九编讲述清代文学,就经学、性理、舆地、算学,一一罗列之,或为一体之多面,或为多体之一脉,既以总论纫之,又以各章节之内在联系串起,可谓讲文学而兼涉群经,故其整体感如控六辔在手,操纵自如。

至于具体作家定位,评人衡文,叙其性情与文风,简洁老到而传其风神。末章叙当时之文学情形,当预备立宪诏下,"中国之文学,自此将与欧美合乎。是又开前古未有之景象,而文学史上,又为之生色矣"。此一判断,真是老吏断狱,完全吻合此后数十年文学之走向,精切如有神遇。

著书亦如酿酒,水分愈少,其力愈厚。来先生此书,高瞻千古,远瞩八方,开门见山地提出最精辟的观点、结论,欲以此窥中国文学整体之概貌,而不欲囿于一部分耳。

来先生于唐代诗学之后辅以佛学成就,元代诗学之后论述元代医学,且篇幅宏大,内容丰赡。此虽非狭义之文学,实质却与文学存在千丝万缕的关系,一者文学并非纯之又纯的真空,二者参照系涣然而明,犹如沙盘推演,战略态势历历在目,对读者自大处把握文学之处境、学术之流别功莫大焉。

来裕恂先生为光复会先贤,自中山先生以次,身体力行,北走大漠,中察江淮,西赴边陲,沉潜观览山川大势,自具有宏观与微观胸怀。故其著书极擅从大处把握,篇目章节之合纵,亦如占象州郡山川一般烂熟于胸,以文学史为主轴的学术阵形,逻辑分明,朗然眼前。这需要高度的把握能力,以超群绝伦的智慧从故纸堆中归纳、辨析、总结之,并参照作者所生活的急剧转型的时代、种种观念事态的冲击,附丽近代学术的估衡,在博综的基础上触类旁通。

作者具有深邃之眼光,于人所不经意的地方,一见即能执其关纽、间隙,故其论断臻于一种超迈的境界。于古于今皆然,须知来先生著书之前,虽无系统之文学史著,却有山垒海积之诗文评述,如无超卓的综合辨析功夫,焉能超乎古人自成一家?此等鉴别与发挥之功力实乃古人未到之处;至其视今人著述,更是遥望齐州九点烟,令今人难以企及。盖今人虽有数千部文学史,但其疏漏平庸,与兔园册子无异，文采、思想、见识，真是"要啥没啥"，观之令人沮丧。

《萧山来氏中国文学史稿》概括力极强，取精用宏，斐然成章。民国初期和民国中期的文学史著作虽有区别，但特征相似，即文字叙述讲究，读来舒服。这是晚清新学滥觞以来较早的文学史，著者的价值判断深沉正大，书中充溢着老辈匡正学术思想弊端的深切用心与独到见识。清末写此书，可谓嘤鸣甚切，到了民国中期，则可说是友声频闻了。

文人书法杂说

常人写字，有可称为书法者，有不可称为书法者。文人的字固不如书史上的碑帖一样规整，但因了独在的个性、深藏的情味，也别有一番意趣，是一种更特殊的书法，其趣味的盎然深郁，不在书法家之下。

鲁迅的手稿，其字迹于萧散中寓整饬，于严肃中有放达，亦温亦峻，墨趣深郁，出新意于法度之中，最有旧时士大夫的心相。钱锺书的毛笔字在流利连属中有深婉的情致，读他写给别人的长信，整幅观之，尤有幻象吐芒、沧海生波的气韵；就整体气势而言，仔细嚼之，则又可品出那消愁舒愤、忧患漠漠的精神理念来。我藏有余光中先生的赐信，钢笔书写，每一个字，笔笔送到，一丝不苟，而意态的沉着，仿佛诸葛孔明执扇论兵一样；他的字同他的文章有着相同的理念，兼沉兼逸，亦豪亦秀，既富于逻辑力量——线条连属毫不含糊，又在转折顿挫中散发出一种充盈的张力——线条伸缩有致。

苏轼说正楷如人直立，行书如人行走，草书如人奔逸。用各体线条的变幻勾勒出一个清晰的轮廓来，而在书法中，线条的偃卧伸展，种种转折收放，实在也就暗喻了写字者的心境理念。豪者字健，沉者字稳，逸者字放，懒者字散，奸者字诈，达者字旷，苦者字寒,大致可作若是观。手的运作收放,乃心的调遣操纵,故线条的一切迹象都是灵府思绪的显影。千百年过去了,看到古籍中保留下来的手稿,我们仍有一种并不陌生的亲切感,乃因字迹的生命力沟通了古今远隔的人心。我在《视点》杂志看到尼克松先生各时期的签名影印手迹,早期收放清晰,笔画婉曲到家,尾线是潇洒飘逸的一翘;中期他的政绩如日中天,签名也似乎有傲然的枭骑一样的娴雅高致;而到了生命的晚期,他的签名只是一条起伏不大的曲线了,那种力不从心的感觉真是"跃然纸上"。

  日月逝矣,岁不我与。时世的翻新,生存状态的渐变,旧时代气息越发稀薄了,塑料制品大行其道,艺术产品也忙不迭向消费主义靠近,艺术工具更是力图造成种种方便,能写几个像样的毛笔字的,也只是蓑尔少数罢了,用毕即可弃之的圆珠笔、签字笔无孔不入。这种时候,执毛笔而临宣纸,如烟的往事顿时在眼前幻化弥漫。毛笔的时代过去了,"他生缘会更难期",唯有个别沉溺所好、不通时务的文人还为旧癖所萦,对毛笔字不能忘怀。

苏轼逸文多妙语

苏轼集诗词书画文于一身，为文学史上不可多得的全才。其所作长短散文，见于《苏轼文集》的，凡三千八百余篇，但其一生交游甚广，所作题跋、杂记因无意于传世，随作随逸的很多。

今人孔凡礼先生景仰苏轼的为人为文，几十年来，涉猎各类总集、别集、笔记、诗话、金石碑帖及类书一百多种，钩沉辑佚，得包括残篇在内的文章近四百篇，集为《苏轼佚文汇编》，附于中华书局1986年版的《苏轼文集》之后。编者孜孜矻矻、潜心搜集，校勘、考订精审，为苏轼小品的研究和鉴赏省却诸多翻检之劳。

收在集子中的这些逸文均为笔记体短札，一般每篇几十字，至多百字左右，最少者竟只有十几字。但他品藻山水、人物、诗画，信手拈来，毫无窒碍，每有真知灼见，妙思隽语，亲切而洒脱，洵为不可多得的艺文妙品。

苏轼一生备尝贬谪、流放之苦，故多仰山水滋养，善将对天籁的领悟观察融入对人与事的描绘之中。《答刘景文》谓："公每发言，如风樯阵马，迅霆激电，不意于中复有祥光异彩，纤余致腻，盎盎如阳春淑艳；时花美女，诚不足比其容色态度。"先以四种形象来比喻对方言谈的滔滔不绝，以有形写无形，以可见状不可见，令诉诸听觉的事物仿佛有了视觉上的感受；接下来笔锋一转，以生机盎然的阳春三月来比喻对方言语的迂曲和善变，且又用鲜花美女来衬托对方的表情态度，别有一番情状，将一个能言善辩者的形象写透写足。又如《讷斋记》中写德高望重的辩才和尚："师以法教人，叩之必鸣，如千石钟；来不失时，如沧海潮。故人以辩名之。及其居此山，闭门燕坐，寂默终日，果落根荣，如冬枯木，风止波定，如古涧水，故人以讷名之。"其辩其讷，皆以奇喻喻之，趣味隽永。

想象的丰富，观察与体悟的缜密，使苏轼逸文小品无论状物还是写意，既能曲尽其妙，又能达意深远。逸文汇编卷之六《题大江东去后》云："久不作草书，适剧醉走笔，觉酒气勃勃，纷然指出也。"醉后草书，意兴遄飞，词成掷笔，是何等的气概！在此情境下，觉得酒气俱从指尖"蒸发"殆尽，这从医理上大抵讲不通，然论感觉，则相当细微逼真。苏轼将一种很难言传的感受用特有的想象和笔法写出，使我们千年之后仍可想见他乘兴挥毫的风采。再如写飞来峰："高不逾十丈，而怪石森立，青苍玉削，若骇豹蹲狮，笔立剑植，纵横偃仰，愈玩愈奇。上多异木，不假土壤，根生石外，矫若龙蛇。丹葩翠蕤，蒙罩丝络。"寥寥数十字，写了山石和植物——清楚地叙写其色彩、形状、势态，以及他本人的感受；论手法，采用不假雕饰的白描、贴切的比喻，言简而意深，外癯而实腴。

苏轼逸文小品的韵味，上逮晋人，下启明文，其文字之简洁，用词之传神，行文之机智、诙谐，个中妙处实在不是今日非万言不足以道一事者所能悟及。今之写手，喜作长文，句则淡而无味，文则长而枯燥，我手不能写我口，下笔即走样、跑调。其实从某种角度说，艺术在本质上只关乎传达感受的能力。"恒患意不称物，词

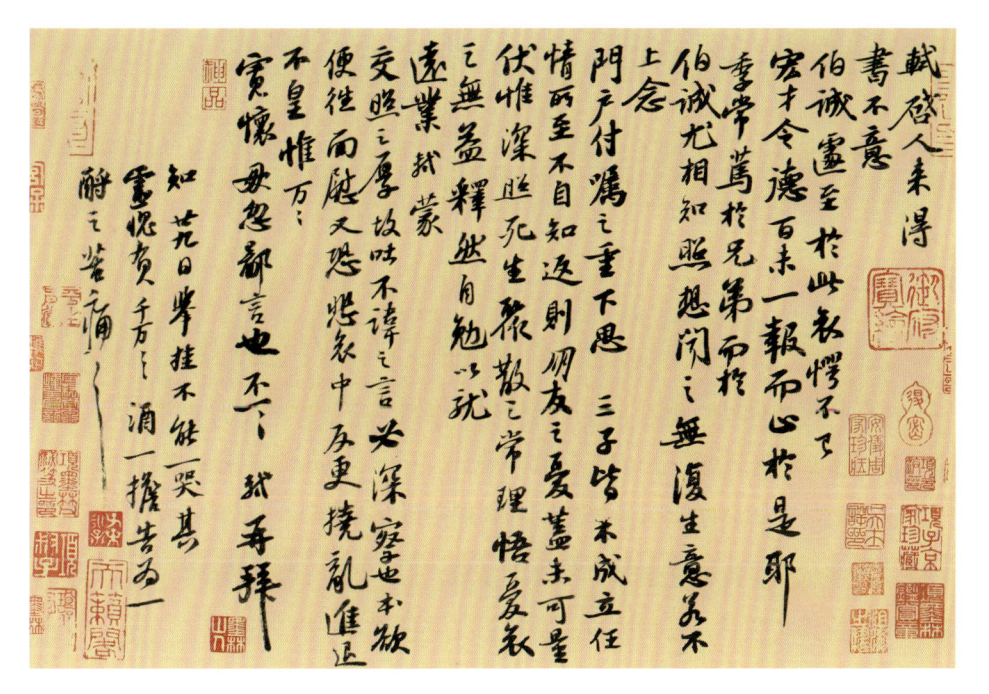

▲ 苏轼·《人来得书帖》

不逮意。"(《文赋》)但苏轼逸文小品却随意挥洒,绝无既吐又吞、嗫嚅踟蹰的窘苦,这也是苏轼异于或高于别的散文家的重要所在。鲁迅先生曾在《怎么写》中说,散文的文体是大可随便的,从这个意义上说,苏轼的逸文小品,于当代文学的表达、叙述方式的选择,乃至如何摒除狭隘的艺术趣味都是有借鉴意义的。

奇美之境

——谈流行书风

每个时代都自己的流行书风，当代流行书风之形成，至蔚为大观，是在20世纪末的最后十年形成的。

其与传统书法的区分，乃在于字距行距突破传统范式。结字的时候，因字赋形，揖让之得体，收放之多变，似在不经意间涉笔成趣。空间位置的倾斜，互相拗救，发挥到极致，整体气质呈散逸、疏放、悠远之态。间架安排，则是线条生涩，信手为字，仿佛乱石铺街一样。而其大体的气象，则是朴拙含明快，以优游出顿挫；既敛气而蓄势，也纵放而取姿。一番恣纵，一番勒控，一番停蓄，一个字即是一个有机体，浑浩流转，生意纷披。

20世纪90年代初，这种风格跟星星美展一样，迭遭物议。卫道者以传统书法自居，提出流行书风不能成立的依据，撮其大要，说它是对传统的背离、脱落，认为跟古人的初衷、古人的经验大不一样，甚至全然对立。

其实这是一种绝大的误解。

清代文学家汪容甫认为："读书十年，可以不通。""不通"二字俗人多不能解，实则非读书积年有得，又肯虚心者，不能出此言。晚清文论名师林纾更加确切地说："文章只要有妙趣，不必责

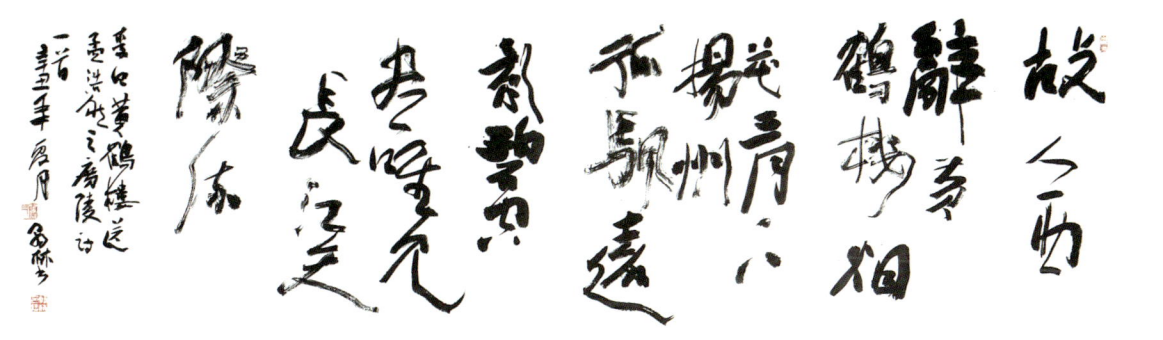

▲ 秦朝林·《黄鹤楼送孟浩然之广陵》

其何出。"其人都是深得艺术辩证法精髓的高手。这种"不通"的境界于书法而言，就是涩味。由那出神入化的涩，带出机趣的讲究，带出美术性造型的意味，即古人所谓有关自己的痛痒处。甚至不避呻吟、不避俚俗、不避拗晦、不避退缩，但这一切都是在敛气而蓄势的巧妙布局中遥控而结构之，其结果，却是一种天然出之的天真妙境。

这其中，有思想，有内涵，最为特出者，乃是它的美术性。因为美术性造成线条的鲜活，似闻变徵之声，士为之泣；又闻羽声，人为之怒。它有调动人心的力量，令其自然生感。

晚清时期，书法之道已烂熟，欣赏趣味，超前宽泛。刘熙载《艺概》即问世于斯时。无垂不缩，无往不收；以欹侧胜者，暗中必有拨转机关者也；怪石以丑为美，丑到极处，便是美到极处，不工者，工之极也……其通达、奇警、博人的辩证法，也全然可以用来解释近代的流行书风。

流行书风的创造性是和它的美术性一而二、二而一的。如老杜诗歌中随心所欲的倒装句式、神龙变化的语序，流行书风是将碑学帖学融会贯通而加以重构。它对传统的理解与所谓的功底派不同，功底的末流往往流于复制描摹，多失神采。也有接近古人的，但观者反不谓奇。为什么呢？力不足而强为之，气力也就在那过程中衰竭穷尽了。

也有对传统自得其神，加以综合，辩证地杂糅了多味元素，走得很远，却并没有邯郸学步，也没有"望故乡邈邈，归思难收"，而是随时可以来去自如，毫无局促之态的。这就是流行书风。在它那里，传统相应变为一种隐藏得很深的"伏脉"，而且书家也更重视另一种传统：如晋人尺牍、砖瓦文字、墓志碑刻、秦汉木简……大规模重新发掘，被重新赋予美学相位，艺术生命的价值随之更为厚重。

民国篆刻说略

篆刻和书法一样，虽然都是因字写意，但刀、石的坚硬与纸、笔的柔软究系两回事。篆刻起刀驻刃之间，史犹豫不得，就性质而言，是遗憾的艺术之尤。

民国几十年间，艺人辈出，篆刻家也如灿烂星汉。艺术都有移情作用，观印文字体，或瘦硬有神，或圆融洁净，或流畅自然，或春花袅娜，凝神注目，仿佛可以感到铁刀起驻，用力一冲的气机风致。想着这个过程，不禁动起感情来，那清冷的寂境也不觉其寂了。这个时期的篆刻艺术于古人是一个总结，却也在寻找发展的种种端绪。其所作固然是他们所乐于从事的工作，但更是以其创作才华，透过刀、石去表达个人之民族忧伤。

闲章虽著一闲字，却最能表明艺人心迹。古来闲章，虽然冷凝成一古物，它的内容力量却能无限放大扩展。民国刻家对此也真是情有独钟。经子渊"天下几人画古松"印风得汉碑的大气古厚，似见墨渖淋漓；吴昌硕"泰山残石楼"于古奥残损中见完整；齐白石"见贤思齐"大气磅礴，东西映带，交换垂缩，如长河落日，有一种戢翼长征、浩然不顾的神气在里头；黄宾虹"黄山山中人"则有老衲燕坐的静穆；李叔同"烟寺晚钟"则让人领会生命的流逝，仿佛和那烟岚钟声的飘忽是一物的两面，观其刀法的从容浑穆不禁惕然有思。至于运笔的方法，又自出匠心，长铗短剑，春花秋月，弄姿无限，俾抒素志。马一浮"廓然无圣"刀法稳健而多用修饰，每一画成，必下数刀，有月白风清之态，与齐白石的"我刻印同写字一样，下笔不重描。刻印，一刀下去，决不回刀"，取径万殊，而意趣也各异。

民国时期，社会动荡，风雨鸡鸣，知识分子与艺术家如幕燕釜鱼，每多流离转徙。抗战爆发不久，华北大片土地沦陷，寓居北平的齐白石贴出告示："白石老人心病复发，停止见客。"其绝不觍颜事敌的风骨也熔铸在刀笔纸墨之间。抗战后期，潘天寿在《治印谈丛》弁言中写道："五月，敌人无条件投降，举国狂欢，史无前有，是篇可为寿私人抗战胜利之纪念品也。"国事蜩螗，艺术既成为人心的补偿，却也无一处不熏染时代的风雨气息。虽然时局动荡，艺术却极大发展，一方面聊避虎狼之害，另一方面也是言志所需。到20世纪60年代，"四凶"横行，艺术家惨遭灭顶之灾，作品投之炉火，用为炊事之薪，文士心血化为一缕青烟，那才真正令人扼腕。

民国篆刻家往往兼有作家、画家、书法家、学者等各种身份，其大家如吴昌硕、齐白石、黄宾虹、经子渊、李叔同、马一浮、乔大壮、郁达夫、邓散木、丰子恺、瞿秋白、闻一多、张大千……而遭际最惨要数乔大壮。乔大壮深谙法国文学及中国古籍，治学旁征博引，无不如臂使指，金石碑刻之学更是冥追神悟，造乎其微，其智慧与艺术手法一时无两。20世纪40年代后期，因秉性耿介，哀时抚事，内心痛苦达于极点，终于在1948年7月初，风雨交加之夕，自沉苏州城边梅村桥下滔滔波中。他之所刻，"物外真游，帘卷西风,十年磨剑",用刀诡谲,收缩穿插间疾涩并举,可谓新意迭出,罕有其匹。邓散木的"忍死须臾",郁达夫的"我画本无法",在构架心思上都有这种特点。

天生骨头太硬,弯不下腰去,亦不能披剃入山,这样的心迹熔铸在印文的转折行进缺落中,好像心中之曲化成了凝固的乐谱,别有一种苍凉凄楚。拿想象来补充现实,其丰神、其古意,以血泪凝成一方方心灵结晶品。治印,看似冷硬,艺家的精力慧心,其不付诸流水或与荒烟蔓草同归朽没者,亦端赖于此。在过去的时代,艺术实在是知识分子无路可走而寻求寄托的无量法宝。修身齐家治国的道理都在里面;人生种种尴尬悲酸又何独不然?20世纪40年代,闻一多居昆明,虽说刻印卖钱,但那种感慨悲歌的怀抱毕竟掩藏不住,无限回思之余,仿佛也就听得见闻氏奏刀的遗响悲风,顿挫疾涩之间,也就透着他的良苦用心呢!

生机盎然的草木精神

——感受《南方草木状》

有本迷人的小书，叫作《南方草木状》，跟它类似的书还有《桂林风土记》《桂海虞衡志》《荆楚岁时记》等。古人分类时，在四部中，将其收入史类。

《南方草木状》，晋人嵇含著，主要记述两广一带的植物，其是世界上相当早的地方植物志，也影响了后代文人对自然的观察，李时珍的名著《本草纲目》描述南方植物时，尚多以《南方草木状》为注释依据。

寥寥十数页的小书，分三卷叙述草类、木类、果类，甘蕉、耶悉茗、茉莉花、豆蔻花、鹤草、水莲、菖蒲、益智子、桄榔、水松、荔枝、椰……迤逦写来，又不仅于此，民间器物、南北地理差异等，也有着笔。

"榕树，南海桂林多植之，叶如木麻，实如冬青。树干拳曲，是不可以为器也。其本棱理而深，是不可以为材也。烧之无焰，是不可以为薪也……枝条既繁，叶又茂细。软条如藤，垂下渐渐及地，藤梢入土，便生根节。或一大株，有根四五处，而横枝及邻树，即连理。"

寥寥数语，描摹得宜，逼真有神。写榕树见其庞大浓荫性质。

而写椰子也是如绘如画,且尤其富于质感,数笔勾勒,也兼渲染,那味似胡桃、肥美有浆的椰子,仿佛就在眼前呢!

"五岭之间多枫木,岁久则生瘿瘤,一夕遇暴雷骤雨,其树赘暗长三五尺,谓之枫人。越巫取之作术,有通神之验。"此则怪异好玩。

"抱香履、抱木,生于水松旁,若寄生然。极柔弱不胜刀锯,乘湿时刳而为履,易如削瓜;既干则韧不可理也……"

"交趾有蜜香树,干似柜柳,其花白而繁,其叶如橘。"

"指甲花,其树高五六尺,枝条柔弱,叶如嫩榆。"

"蜜香纸,以蜜香树皮叶作之,微褐色,有纹如鱼子,极香而坚韧,水渍之而不溃烂。太康五年大秦献三万幅,常以万幅赐阵南大将军当阳侯杜预,令写所撰《春秋释例》及《经传集解》以进。"

细味其文字,不禁为古人的观察、认知能力而惊叹。"水蕉如鹿葱,或紫或黄。吴永安中,孙休尝遣使取二花,终不可致,但图画以进。"看来当时的植物图已很逼真,可以表现植物的性状。

《南方草木状》在宋代以后备受重视,花谱与地志中援引者甚多。《四库总目提要》主要讲它的版本源流,特注明系两江总督采进本。其有时讲性状,有时讲源流,有时着重谈作用及影响。在书中,可见古人利用益虫防除害虫,掌握嫁接技术,甚至以嫩草酿酒……

这类山川草木的书籍,有的作者一生在野,安于布衣生涯;有的作者是将相名流,为业余或退隐后的寄托。后者在社会上地位居上,负有政治、文化之责,其中不少人在归去来兮的矛盾纠缠中始终苦闷不已。另外，不少底层知识分子隐于下吏，疏于社会应酬，而在自然万籁的声光风月中安顿了自己的红尘生命，实现对自然的深入，舒展抑郁，消静生命的疲困，同时求取人格的纯净、美感的着落。

类似的书，如《桂林风土记》，其系唐代莫休符撰。该书序言也妙，只有几十个字："前贤撰述，有事必书。故有《三国志》《荆楚岁时记》《湘中记》《奉天记》。惟桂林事迹，阙然无闻。休符因退居，粗录见闻，作《桂林风土记》，聊以为叙。"

《桂海虞衡志》系南宋范成大所作，记录了他入桂、出蜀时沿途的所见所闻，其记叙趣味深足：

"石榴花，南中一种，四季常开。夏中既实之后，秋深忽又大发花，且实。枝头硕果罅裂，而其旁红英粲然，并花实，折钉盘筵，极可玩。"

"添色芙蓉花，晨开，正白，午后微红，夜深红。"

"冬桃状如枣，深碧如玉，软烂甘酸，春夏熟。"

"沉香出交趾，以诸香草合和蜜调如熏衣香，其气温靡，自有一种意味，然微昏钝。"

好像丹青高手，中锋用笔，勾勒之处尽显笔墨之深意，略加渲染之处则含蓄不尽，言外多的是悬想的空间。激情与愤怒隐藏了，留下的是哲学的醇美，捕捉到的片刻诗意化为永恒，让人想象并沉迷于草木蓊郁、山川秀蔚的图景中。那草木气息的循环滋养啊！

疏离大自然而造成的慢性疲劳综合征之类病象，乃媒体经常关注的话题。没有病因，但身体和心情都在紧张地消耗。尤其大城市中，患此症候者与日俱增。仿若感冒，无端疲倦，头昏脑涨，六神无主，这样的病状，西医表示药物治疗仅为治标，再高妙的杏林圣手也难以根治。

今人于懵懂糊涂中失去了再也唤不回来的生态环境，很多慢性病因此而生。要想减缓之，恐怕还要从生活方式上入手。回到先前的时代本属臆想，如果没有时光倒流的机器，那么游心于《南方草木状》这类灵妙的小书，纸上得来也终觉不浅呢。其作者对山川形胜、风土民情有着特殊的兴趣爱好，于生活沉浸很深。知识、悟性、趣味、发现，当中就蕴含诗意的经纬。

大自然是与人性相协调的人类精神家园，也是引发自由联想的源头。南方草木的经纬自有生命存在的价值，古人最善体察生生不息的宇宙，寻找与自然相融洽、精神得自在的途径，把趣味和对生命的体认揉进文字深处，文字的组织、细节满是大自然的律动。

掩卷凝思，漫漶隐约的字句在纸上浮现起来，不惊不诧，灵妙大方，水墨淋漓，像是古艳的流水音，生机盎然而又深邃无垠。

（《南方草木状》《桂海虞衡志》，上海古籍出版社1993年影印版）

慢速度的风月观览

阿尔卑斯山山麓的公路边树立着一个老牌标语：慢慢走，欣赏啊！简洁的句型中含有无尽的劝慰式留恋。其效果，于有心人，大可带来长久的震撼。

《参考消息》载文称，数百名欧美作家应邀列出他们最喜欢的十部文学作品，其结果汇成一书，谓之"十大名著"。发起者认为当今乃黄金时代，能轻而易举就获得的书籍从未像现在这样多，但如何挑选却令人头疼。结果呢，入选者均为古典作品，当代作品无一入列。其原因并非大家一致好古敏求，实在是因为出版物太滥，眼睛既伤于缭乱，身心又受牵于事务。看不过来，只有凭先前的印象、原有的阅读经验来搪塞交卷了。快速、快捷、快餐、快报、快递、快览、快活……这是现时代的征象，是所谓慢生活的反面，似也颇显示古今生活方式的区分。

当年范成大从成都回江苏，一路流连观赏；更早前他由江苏到广西赴任，动身之际，低回不忍遽去，发出"夜登垂虹，霜月满江，船不忍发，送者亦忘归，遂泊桥下"的感叹。而他由广西转成都任职，取道广西西北，进湖南，上湖北，转重庆，入四川，走了足足半年之久，不全是路途遥远，更确凿的原因是一路风月无边，一种前定般的牵挽令其时作勾留。从江苏到广西，从成都回江苏，范成大都写有趣味盎然的小册子记述行路的经历见闻，分别是《骖鸾录》和《吴船录》。而由广西到成都，更有专著《桂海虞衡志》。前二者以行路经历为主线，后者则以分类详细的风物为参证。

探索自然界的内在生命，表达文化人对自然的别样感受，与自然天籁相呼吸共命运，客观上从诸般束缚中摆脱出来，获得了新的艺术生命。仿佛多头点火系统一样，在其心灵布设由点及面的敏感记录，一番发酵长养，生成人心所掌握运用的第二自然。

同样的，晚清时期，俞平伯之父俞陛云来川任乡试副考官，一路上也颇做有选择的停留，迷恋山川文章的趣味和法则，自然与心灵休戚相关。在他笔下，大自然的奇迹不啻生命意志的转型再现。

今之游者，呼啸而来，倏忽而去，除了便捷的交通条件外，还深受经济与时间的困扰，以及心境波动的影响。较之古人，看得多而快，而所得甚少。

麦克阿瑟从菲律宾退却时，转进澳洲，茫茫大海中仓皇逃命，险象环生，相当狼狈，他竟还有心思观察杀机四伏的暗夜风景，这份超脱虽夹杂苦涩，却也耐人寻味。海浪疯狂拍击的力量，似在增进其心灵的奔沛笃实，一种硕大的气象活力，难以描述。而当其扭转太平洋战局，给予日本毁灭性打击，重返南洋大陆时，提前自舱门出，涉水向岸，墨镜、烟斗、棱角分明的轮廓、身后的高参……本身就构成一个历史性的风景镜头、一个象征性的符号，预示着从毁火走向蜕变新生。麦克阿瑟败北时的风景眺望以及所得之感触，较之曹操在长江上横槊赋诗，情景要凶险得多，那种气势和风范，使其内涵也深郁得多。快中有慢，慢为后来的快做了厚实的奠定。山河风景，其人其事，合二为一，共同织就了无边风月的斑斓篇章。

中国古诗（近体诗）多以交际题材为主，而交际诗中无风景依托者几乎没有，古人心绪的弹着点究竟在何处，也可不问而知了。幽微篱落、穷谷绝塞、大漠孤烟、小桥流水、苍藤老木、残夜水榭等景致之所以具有象征意味和情感色彩，乃因其对精神的奴役是一种天然的反驳。20世纪前的俄国作家常以风景为载体，于其中安置他们广漠的忧伤和念想，至契诃夫《草原》问世，奠为不可逾越的巅峰之作。他们对大自然的领略既有猎取，更有返还；经其头脑与心智的处理，化为巧不可阶的文字建筑——一种新的自然或曰第二自然。如此心智结晶，与万物一样千差万别，几无雷同，那些一流文字所携带的文化意味和感觉从历史深处浮现出来，朴茂、悠远，深不可测。

对风景的赏味投入实际可分出不同层次，人间味的注入也略有分量区分，但其对风景的留念与依托则为同一心理背景。

不同作者，其赏味机杼的轻重浓淡不同，即使同一个作者也有缓急悲欣之分，像韩愈笔下的"山红涧碧纷烂漫""芭蕉叶大栀子肥"就和"雪拥蓝关马不前"颇有悬殊。

1861年，征战方酣之际，曾国藩有致其子函件，略云："乡间早起之家，蔬菜茂盛之家，类多兴旺。晏起无蔬之家，类多衰弱。尔可于省城菜园中，用重价雇人至家种蔬，或二人亦可。其价若干，余由营中寄回。"窃以为，曾氏所强调，所寄意，并非非吃自家所种菜蔬不可，读书种菜，其间有相当寓意，园中蔬菜，乃一种贯穿意志理念的自然风景，是将山林拉到农耕风景的切近之区，人间味胜出，同时也使得快与慢的节奏达至一种均衡，但在幽深的背景上，风景留恋的意味无法摆脱。

傅增湘自北京回四川江安，一别多年，近乡之际，站在高处眺望，山木河川，人间烟火，被他一番古意斑斓的文字渲染得一片凄迷，在此则人间和山林的意味等量。

美的意识的延伸可以说是无远弗届，而在专制社会的桎梏之下，它的延伸铺陈就是自由得以部分实现的象征。古人的慢生活也可谓另一种意义上的高速度，更支持其冷静的观察力。而今人的快速观览是大打折扣的，其征兆，是将头脑置于春困秋乏夏打盹的状态，乃一种疲惫的循环，造成快不如慢的尴尬境地，无从自拔。

"夜登垂虹，霜月满江，船不忍发，送者亦忘归，遂泊桥下。"何等邈远而无尽的留恋啊。

刻刀下的自在

偶尔才有这样的机会，摈弃俗务，躲进小楼，把刀弄石，胸中逸气渐生；刀石冲突与转圜之间，阡陌纵横，滋生出另一个世界，诸魔羁控的种种杂念，暂时竟也扫叶都尽。

把玩刀石之余，醉倒在闲章的境界中。大抵印章艺术自书画中半脱离出来，至清代陡起一峰，蔚为大观。《飞鸿堂印谱》即为闲章艺术之集大成，数十巨帙，透过一幅幅新奇而考究的印文，恍惚可见纷红骇绿、山赤涧碧，思绪逸出，邈邈难收。

读这些印文，大有抚创励志之效。其文不外言志、感慨、抒情、写景诸类，然句句都是不羁之态，刀刀都是自由之魂。且看——"不贪为宝。志在高山流水。林深远俗情。宦途吾倦矣。"其言志的心魂岂非刀石之间？再一类——"忍把韶光轻弃。知命故不忧。满眼是相思。待五百年后人论定。"感慨之深郁岂不是埋忧冲刀之顷，挥之不去吗？而又一类——"只有看山不厌。积书盈房。松窗明月梦梅花。"眷恋良辰美景，流连朗月清风。在下刀的腠理和石纹的肌理中，这样的情与景似乎被放大、落实。有限的方寸之间，大自然的无边风月顿获无限之效。

近人王菊昆以为，印之大小，划之疏密，挪让取巧，俯仰向背，各有一定之理，但也绝非金科玉律，关键在"字与字相依顾而有情，一气贯穿而不悖"，此诚卓见也。治印大家邓散木则谓"刀法有成理者，有不成理者，而施之以用，则需因时制宜"，两大家心眼机杼同一。仅翻阅卷帙浩繁的《飞鸿堂印谱》而言，千人千种刀法，或冲波逆折，或六龙回日，或蛇行明灭，或磅礴正大，或幽花自赏，或断涧寒流，刀法本身也各成一种诗料，自然茂美。这是古人在混沌的大自然中为吾侪创造的一个小乾坤，一个艺术家心灵中的小乾坤。

不管治印者外表看似如何枯寂、生活如何单调，牵萝补屋、寒蛩不住鸣，但其推刀冲决之际，其中蜿蜒寄托携带的，却正是一种破网求出的自由精神。摘句本来是传统文艺鉴赏的老路，摘句于旧诗古文经传释辞；但治印因工具所限，一般而言，比摘录段落或完整之句要为节省。石头的单位面积容量远逊于纸张，推刀难度也较大于笔墨的措置，如此，落实到石面上的印文自然带有一种厚度、深度、力度，所得想象力的溺爱似也多出几分。凝神注目，缭绕直到心绪的灯火阑珊处，玄想幻化，只觉末韵纡转盘旋，久之不绝。往昔诗文，时人作品，所截出的一句半句，甚至只言片语，在石上落实，加以放大，语句的内在容量很像鲁迅在厦门时眺望的夜色，一沉再沉，"加药、加酒、加香"，其辐射力自然如老柴般经烧常在。

我喜欢这样的句子：葫芦一笑其乐也天。竹杖芒鞋。搔首对西风。君子和而不同。志士过时有余香。闲多反觉白云忙。凡物有生皆有灭，此身非幻亦非真。人生聚散信如浮云。庾郎从此愁多。计人非我弱。每爱奇书手自抄。蜗牛角上争何事。不开口笑是痴人。挑灯看剑泪痕深。

就情景的状态而言，这些截句印文确如卡夫卡所说："地洞的最大优点是阴凉宁静。"幽花杂卉，乱石丛篁，摇曳于穷乡绝壑、篱落水边，仿佛一颗孤寂百年的心灵，虽然看上去并非热血激荡，却始终洋溢着人间温情。细味其精神趋向，是想象力稀薄处的逆动，是草枯霜冷时分的"芭蕉叶大栀子肥"，是于无声处有激烈，是无形精神枷锁限定桎梏的冲决、超越，是自由精神的翱翔，有情有趣有胆识，更有大悲悯，这确乎是刀中乾坤、石上世界的真意义。

报纸和文言

文言文是中国人内心的东西，几千年的文化积累，使之产生了许多漂亮的句法和表达方式，思之无尽，味之无穷。然而，意识形态的转换，生活空间的转型，世人好尚的转变，终使文言文的气味日渐稀薄，影响日趋缩小。

报纸文体，作为一种新闻报道，应该简洁、明了、客观，而文言文的简洁、有力、醒豁、雅健、优美，正可借鉴取法，同时更能在全民的文化意识培养上收潜移默化之功。而我们当前的报纸文体最缺乏的就是这一点。尽量用白话，当然是语文的改革，奈何白话文的基础太薄弱，积累不深也不厚，久之，俚浅的俗语单性繁殖，传统中文优美的表达方式、味道深郁的词汇字句，势将湮灭殆尽，这将是一件令人忧虑的事情。

相对来说，台湾地区的报纸文章所保留的文言成分要多一些。尤其是副刊和专栏上，不乏几支意气风发、文采炳蔚的妙笔，读来令人赏心悦目，掩卷融融。当然，除此之外，随心所欲，率尔操觚者也不在少数，余光中先生曾指出，台湾的某些记者古文修养蹩脚庸浅，却每喜故作解人，结果呢，一个三流演员死了，也是"一代佳人，玉殒香消"，任何女人偷了东西，也是"卿本佳人，奈何做贼"，而"使君有妇""河东狮吼""季常之癖"等更是经常出现在报纸的社会版或花边新闻里，变成了所谓"雅到俗不可耐"。

林纾虽然抵死反对新文学，却以古文译西洋小说，在不识ABC的情况下做了新文学的功臣，同时也树立了一代文章丰碑，其影响深远，尤其是对两栖于新闻和文学的写作者而言，受益良多。以《大公报》1918年3月11日文章为例：

> 英国大小说家司各特氏肄业于爱丁堡大学时，蠢如鹿豕，同学咸窃笑之。教授某尝语人曰："此子生而为蠢奴，他日亦且以蠢奴终耳。"司各特卒以小说成名，教授之言遂不验。

细推其文笔，虽并非一流，难称高华，但也可谓明畅、清通。旧时代，报纸上这种浅易文言随处可见，而真正堪称纯正、名下无虚的，是著名记者陈布雷那支虎虎有生气的妙笔。1926年3月12日，陈布雷为上海《商报》撰写的《中山逝世之周年祭》尝谓，"岁月迁流，忽忽一星终矣。国辱民扰，世衰道歇，山河崩决，莫喻其危……虽然，吾人之纪念逝者，其所奉献之礼物，岂仅鲜花酒醴、文字涕泪而已乎"，即可见一斑。陈先生天纵奇才，又加以深郁文言功底，真积力久，根深叶茂，发而为文，必有可观之处。大学者王力（了一）先生对他也甚为叹服，认为"他的文言文是最好的"。

文言文是一种古色古香的美的存在，现代人的文章中，若真能保留一些古文的神味，或能自古文的风调脱胎而来，于文化建设是一桩大幸事，于文章本身，也可以摒单调肤浅而渐趋丰饶。当然，那种糟蹋语法词汇，徒然在表面做手脚的伪文言，一知半解，文品卑下，只能贻人笑柄，应该尽早剔除。真正领会古代汉语并不比学会一门外语容易，稍欠精熟，即出毛病。有志写作者，不可掉以轻心。

繁体字和简体字优劣之辨析

全国政协委员潘庆林曾在全国政协会议上提案,建议以十年为期,分批废除简体字,恢复使用繁体字。

该提案虽未被大会列为重点提案,却引起媒体的热议,有网站以此在网络上做民意调查。超过百分之五十的网民不支持恢复繁体字,对早已习惯简体字的中青年来说,这项调查结果并不意外。

潘庆林先生的提案理由:一、简体字太粗糙,违背汉字艺术性和科学性;二、废除繁体字是因不便书写,现今电脑普及,这个问题已不存在;三、台湾地区准备将繁体字申列为世界文化遗产,已给大陆造成压力……

潘庆林先生的提案经过媒体的传播,引发争论,这不奇怪,有争论才能进一步明辨是非、探察事理,进一步厘清事象的本质和源流。

辩证看繁、简

语言、文字是供人使用的,在使用过程中删繁就简,便于实用,这是顺应人类需求与认知规律的必然趋势,譬如书法中的草书,里面的"简化字"就层出不穷。而当代成型的简体字,部分正是汲取了草书简化的精髓,以此作为简化的依据之一。

如果简化过程中人为因素过多，那也容易引发片面性的负面效应。因为汉字自有其源流演变过程与生命形态，从甲骨文、金文、隶书到楷书，经过数千年进化之后，文字自然定型，承载着特定的历史背景与文化内涵。作为世界上众多语言文字中辨识度较高的文字之一，随意更改汉字，并不是一种辩证的态度。假如一味地强调简化、不断地走向简化，最后简化到回归结绳记事、画符记事时代，那真不可想象。

曾经有人将繁、简两种文字细加比较，发现繁体字虽然笔画多、难写，但辨识度极高，一看之下，其意义到眼即辨。而简体字虽然笔画相对较少，映入眼帘后却不易明白字义，反而得花更多时间解读，所造成的障碍及不便恰巧应了"欲速则不达"这句古谚。

其实，学习一种语言文字，其难易程度，绝不在于多几笔或少几笔。若说简化就便于扫盲，征诸事实，那是说不通的；若说简体字更有利于文化的积淀和文明的增进，那也似是而非。今天的作家与学者，整体上文字水平（包括文字表达水平、谋篇结构能力）显然无法与20世纪上半叶的大师相提并论，而那个时代的人文学者以及自然科学家，他们少年时代所接触的都是繁体字，繁体字并没有对他们的学习、研究、创作造成丝毫困难，反而予其极大的助力。

从马叙伦《六书解例》看繁体字源流

马叙伦先生著述甚丰，近年则有《石屋余渖》的再版，该书主要记述了民国政坛艺林逸闻。马先生早期以音韵、训诂、古文字学用力其勤，成就最丰。

20世纪90年代，笔者曾在北京琉璃厂古籍书店收得马先生《六书解例》一书，系商务印书馆1933年初刊版本，窄十六开老纸印刷，书品在八品以上。

六书乃汉字构成之法，也是分析汉字结构的原则，是对汉字推敲得出的成果。许慎最早言之，以六书为理论背景的文字学，在彼时得以奠定其坚实的基础。正是六书使得汉字走向科学、规范，其意义指向文明绵延。马先生的辨析意在使六书内涵更为清晰稳妥。

马先生说，八卦的八个卦象，即古文"天地、雷风、水火、山泽"，然余谓今之卦者，乃以后造之字，仰名前事耳。

仓颉之时代，已有书契，就是刻在木头上的文字。但马先生特别指出，那时"依类象形，今六书之象形、指事、会意是也"。六书施行之前，文字形体迥异，孳乳浸多，对于文明发展造成不少阻碍。当然，六书未有之前，也有结绳、八卦等记事工具。

到了东汉文字学家许慎那里，他看到字体繁衍出现向壁虚构之倾向，且益以诡变，乃作《说文解字》，修文正误。马先生认为，文字的作用乃在"节解群名，疏通众旨"，如果识字者越来越少，则不免民智蔽塞，德业冥障。《六书解例》多有精彩之论，马先生引用古代学者语，"作易者，其有忧患乎""盖在上古，人之知识犹稀，仅以简易之结绳法为识事之标志。是以伏羲思有以易之而八卦兴焉"。可见文字的兴起和古人所要表达的心情、思想、智慧息息相关，文字大致成型之后，更是形制特殊的活化石、活历史。

"何况古事，不赖虚播竹帛，亦可测之智慧，譬如赤子，方能匍匐，谓之走及千里，性虽可能，事即不然。今伏羲之时，方能造卦，便谓已有文籍，不徒于史无征，亦是在理难验也。"这是马先生考订古代数十家学者之说，对仓颉所处时代及文字出现所下的断语。

古人以八卦猜测、采择吉凶祸福，表达万物之情。马先生认为，八卦还非常简略，怎么说得上通神明解万物呢？"于是有重卦之形，合体为字之滥觞也"，这自然是指繁体字。繁体字之复杂性也是必然的，自然万物是复杂的，简体字则不足以概括。繁体字尊重文化演进的规律，自然也形成妥善系统的规律，其系历代智者长期思虑实践的结果，包含多重的张力、古人的审美观念，既为抽象符号，同时也模仿自然。六书的深刻意义系指繁体字，简体字不在考量之内。因简体字并非源于自然演化，而是人为的成分居多。第三批简体字更是霸王硬上弓，消弭生命力，简化求速进，造成人为割裂，反增扰乱，形似简单一些，却失去了准确深刻的表意作用，既不能妥帖表达人类对生活的体验，反增支离歧出，自然也就远离审美堂奥。

繁体字看似有贵族气息，实则是人的气息、人本的气息。其间的人文关怀将生命和学术融为一体。目前使用繁体字的地区，百分之七十七的民众反对使用简体字，尤以十九岁以下的年轻人为最（见《参考消息》2006年1月11日）。繁体字不只是工具，更是文化之载体，关系文化传承的源流，那就不应该依循少数服从多数的逻辑。

"文者，物象之本，得之自然；字者，子母相生，孳乳之义，非象形、形声之属不能负义字之名。"此即说到文字的根本性质。

"转注之说，自来学者纷如聚讼。约而言之，则转注者，因此字而造彼字……假借者，因彼字以为此字……故转注犹有所作，假借竟无自生。"

"凡指事者，先有象形之字，从而指之，指之者，非字也，故指事字仍为独体,与会意二提成字者别……盖以是字象物,而别有意,不能即其字而见,则就其字加一二画以见义。其字有类会意,但所指之一二画不成字,会意则两字皆成字者……"静夜拜读,尤觉其所言深切。

古人观天象,识地理,察鸟兽之文,文字本身即是一种标识,从地理、天象、人事、自然万物中抽象出来,久历演变,锤炼而成。也是人文、政事之需要,结绳时代,是用大小来区分;到了八卦时代,则"言悬挂物象以示于人"。马先生对指事、转注的妥帖辨析,乃是许慎以后,六书研究的极高成果。

马先生这部著述,用大量的笔墨对前儒观点进行辨析、纠谬、消疑,同时也特别标举确论,在综合会通的同时,辅以宏观的眼光,且不乏材料的引证和印证、考订。对前人模糊不明之处,以别具新意的穿透力,确定真伪而辨别是非,扩大了后人涵泳学术资源的眼光。

这样一本篇幅略显单薄的著作,然其自成系统,引证的妥帖、信息的密集、判断的智慧,对今之学人来说,却是不易学得的。

说来令人惊诧,在20世纪30年代的北京大学,讲文字学的是钱玄同,他力倡国语罗马字拼音化;而马叙伦当时讲授的是老庄哲学,但后来与钱玄同不谋而合,主张文字必须改革、简化,并要走拼音文字路数(可参阅他的《文改笔谈》《文字必须改革》,见《文字改革》1957年第11期)。较之他对六书的深切解读,让人觉得时空颇有倒错的时候,这是很可惊叹的。

诗意文字

汉字无疑是一种奇异的人文景观。许多精研各国文字的专家最后得出结论，汉字在语言的百花园中，比其他任何文字都更显得风姿绰约、光彩夺目。有这样一个小故事：20世纪70年代，学者安子介到希腊参观，在一所大学里，他让从未见过汉字的女大学生猜汉字，他写了"雞"和"馬"两个繁体字，让她猜哪个是鸡，哪个是马，女大学生略为思索，竟猜对了，他又写了"狗"和"鳥"，也被猜对了。安先生很兴奋。

汉字的奇特在于寓丰富于简约，寓观念化和哲学化于诗意。现代英文使用二三十万个单词，不查词典不知其义，且随着时代发展需要，不断增加词汇量；而汉字只用四五千个字，反复组合，就可造句无穷，足以记写任何新事物、新观念。西洋文学中要评说两个诗人的风格，起码是一段长文，而中国古典诗论拈出孟郊和贾岛的诗风，只用了四个字："郊寒岛瘦"，意义明确，力透纸背，而且形象含蓄，越品越有味道。杜甫的诗是古典诗歌的巅峰，他的用字便很能体现中国文字的神韵。"红入桃花嫩，青归柳叶新""青惜峰峦过，黄知橘柚来""碧知湖外草，红见海东云""绿垂风折笋，红绽雨肥梅"，这种以颜色放置在第一字，接以动词的句式，语势稳健而气韵悠长。杜甫诗作创造了许多前所未有的新境界，同时也充分体现了汉字的可塑性和游刃有余的弹性。读英文，漏掉或误读一个前置词，意义完全不同，中文则多少可加以猜测。收缩性和弹性是一种语言优秀与否的重要标志，更何况中文有着如此深远的文明历史背景，积累了如此丰富的典籍和浩瀚的词汇量。

《参考消息》1992年11月4日刊登了韩国汉字教育振兴会会长李在田的一篇文章，他认为汉字是每个字都有意思的表意文字，是人类文字中最高级的文字，此堪称切中肯綮之论。他深刻地认识到了汉字里面蕴藏着民族的高度智慧，具有高度的科学性和优越性。李在田主张韩国起码使用一千个汉字。"五四"时期钱玄同等人主张废除汉字，走拼音化道路，后来实践证明此路不通。巴金在《病中集》中谈道："我年轻时思想偏激，曾主张烧掉所有线装书，今天回想起来实在可笑。"据说当今一些在欧美工作的中国台湾教授，每每不敢以中文发言，非不能也，是不为也，那不过是一种"小媳妇"心理在作祟，19世纪俄国贵族们满口法语，以致和传统都断了关系，他们的子孙（白俄）于是免不了漂泊的命运，也可叹也。

汉字的功能是启示性的，好比中国戏曲"实景清而空景现"，又好比中国画的遗形似而尚骨气，大至建筑，小至印章，无不虚实相映，气韵生动，洋溢着浓郁的人文性和诗意感。正如俄文词汇是因为普希金、莱蒙托夫、果戈理、契诃夫等大作家的不朽作品才更为丰富和独立一样，中文的丰韵和深邃与灿烂的古典文学密不可分。汉字和古典文学一样，体现了东方文明的精华，是中华民族足以自豪于世界的精神宝藏。

方志的文笔之美

古书中的地理名著，诸如集历史、地理、宗教、文学于一身的《洛阳伽蓝记》，系统著录水道所流经地区自然、经济、地理的《水经注》，不仅记事详赡，成为研究古代历史与地理的重要文献，更有超常的文学价值。其文笔或雄健俊美，或秾丽秀逸，烦而不厌，后世难以超越。

其实古人所编纂的各地地方志，除了记述历史沿革、地形地貌、民族演进、史籍文化外，还蕴含着不同程度的文学欣赏价值。如素为坊间推崇的《遵义府志》，其文学价值就接近北魏文学双璧《洛阳伽蓝记》和《水经注》。《遵义府志》的编纂者是晚清文学扛鼎人物郑珍和莫友芝，这就不奇怪了。梁启超对该书甚为推崇："郑子尹、莫子偲之《遵义府志》或谓为府志中第一。"（《清代学者整理旧学之总成绩——方志学》）

纂述百万言的大型方志，首在穷搜资料，详加考证鉴别，逐次引述说明，但郑、莫二君不愧西南大儒，创作的天赋和观察的心得往往信手拈来。

山川卷，尽是美妙记述。他们在对山陵城邑、古迹沿革、风习传说繁征博引、详加考求的同时，笔致情不自禁地跳脱出来，为山水风物造像。山川一卷在书中所占篇幅超大，有时放手去写，仿佛思绪遨游于千山万山之外，有时寥寥数语，却又疏落有致。叙山水奇胜，文藻奇丽，描写景物，片纸只字，妙绝古今，形神毕现。"山水知己"这样一个美学命题，正是笔墨内里山水神韵所造就。

"宝峰：在城西南五十里，山拔起平原中，体皆石成，老树森错……洞顶垂乳玲珑，若宝盖，若莲花，若璎珞，若牙签、贝叶，若飞鸟、游麟，千奇万态，不可名状……石径藏万木中，盛夏不热。"

"文心山：上有万福庵，万竹裹之，浑忘炎夏。下产葡萄石，黑质白章。"

"分水岭：峻岭横空，石壁巉绝，中通一径，遵、桐分界，亦要路也。岭北有木平林，岭南有苏箭棚。左右悬岩，盘腰鸟道，皆可通桐梓。"

笔触稍加濡染，即进入岁月深处元气淋漓的神秘氛围。整个构架如拔花生，一提丛集，数柱茎叶，连着多量的子线，果实丰盈，尽是浑然天成，波澜迭起；镌刻一般，扎实醒透，又确凿不移。

这些大自然风貌的敏感记录，姿态各异，潜藏充量的美学信息，而又徐徐释放之。笔触仿佛与山水一般，保有水木明瑟、清幽深邃的意态，极高明地包孕委婉情致，信手点染，皆成妙谛。

物产的谷类，引述扬雄、左思等人诗文，然后详加解说："玉蜀黍，俗呼苞谷，色红、白，纯者黏，杂者糯，清明前后种，七八月收。岁视此为丰歉，此丰，稻不大熟亦无损。价视米贱，而耐食。食之又省便。夫人所唾弃，农家之性命也。其糜作糖，视米制更甘脆。"

方志写物产不像群芳谱，里面更充溢关心民瘼的至诚用心。又如写木姜，引述前人记述，但多着眼于实用，于是在本条末尾，作者加上一条前人未及道的特征:"今郡人通呼木姜,其花味尤香美。"

杂记卷,记刺梨:"名者为送春归。春深吐艳,大如菊,密萼繁英,红紫相间而成,色实尤美。黔之四封出产,移之他境则不生。"学术价值之外,还有心境及美学的闪转腾挪。

区域人文志《施州考古录》,虽不大见人道及,实则常有绝妙好词,该书记载上古至清末恩施一带的人文地理。作者系郑永禧,衢州人,于民国六年(1917)冬月担任恩施县知事,其间撰述《施州考古录》。偶见此书,为其幽深藻采所迷醉,最震撼的是这句,"风琴雨管成春梦,狘鸟蛮花豁醉眸",凭借大自然风云变幻的装点,复现原生态自然生命之美,将一种野逸幽深的古奥风景,鬼斧神工地予以再现,有一种"水色山光自古悲"的移情效力,但又不止于此,而是情绪的浸润和精神的超脱同在。从发葳蕤的古朴原生态,以并不惊诧的辞藻再现,实因境界的再创造,赋予了更深切的情绪哲学意蕴。

至于海南方志,若《光绪崖州志》,记沉香、舆地诸篇,均有不错的义笔,值得仔细品味揣摩。当然,其吸收袭用大量前人的著述文字,如顾颉刚所说"层累地造成的中国古史",乃属方志编纂必要手段之一。

另有一些篇幅相对较小的志书也有耐人咀嚼的文字表述。如清后期无名氏所作《琼州志》,在"疆围形胜"这一节中作者写道:"琼山在北,崖州在南,与安南诸国相望,东南则陵水,西北则澄迈、临高……琼、崖相去,循黎而行,千二百余里;儋、万相望,中隔黎岐,度山越岭,鸟道羊肠,外人莫到,约而计之,亦不下八九百里。"

中部高山,"皆崇山峻岭,密菁深林,毒雾迷空,瘴烟蔽野。又其内为五指山,上常有云气,峭壁悬崖,重峦叠嶂,人迹所不能到"。

书中写黎母山也常为云雾盘绕,"有攀附而登者,每迷失路,悲号祷祝竟日,始识归途,故人迹罕至焉"。

叙述了几条大江的来由,又描述其他水系,"至各州县水源,皆出黎峒深处,自高而下,势若建瓴,疾流奔放,与中巨石相击触,滂湃轰磕,声闻数里"。

《琼州志》扼要地指出地理风貌和大致沿革,文笔不蔓不枝,稳健从容,清隽而不乏纤徐的理致,尤能释放大自然惊心动魄的万千气象。其间潜藏着一种典雅之美,若有深意存焉。多读方志古书,让祖先的智慧滋润我们的心眼。

用文字肩住美和自由的闸门

——傅增湘《藏园游记》印象

20世纪90年代中期，收得傅增湘《藏园游记》一书，每于颓唐之际挼读，辄耽于其文字的雄深雅健，而迷醉不能自拔。

最先拜读的是《光绪戊戌旋蜀舟行日记》，这是他逗留北京考试，从少年到青年，首次返川的行路日记。满纸故园之思，既有古典式细腻刻画的笔触，更有印象式的笔墨予以调和；舟泊陆行，一路风尘，以移步换景的山河风景为经纬，穿插市井风貌、生活方式、地方人物的人生沉浮，劳顿、忧伤、惊喜之余，还有一种近乡情怯的清空和孤寂……那是诗的泥土，也是烟火人间的泥土。一部游记，层次极其丰富而又分明，味道深醇，读之令人心情低回不已。

这部文集虽以游记为名，实为自然、地理、历史之人文考察。所至之处，往往因战火与岁月摧残，日就废弛，名胜古迹荡然无存，所仅存者，荒冢一坯、破殿一院而已。或者，冢墓祠宇大半剥落，碑记不存，基址杳然，致古人之遗迹湮没无闻。凭吊感慨，不胜今昔之悲，带出时间深处的悲辛和哀愁。

作者之伟力，乃在以政治文献，借以考证，推原故实，甚至也从樵夫牧童碎语中索取隐约信息，加以抽萃，大可昭当代而传来世。

《南岳游记》中写道："人家往往错落涧谷间，时见瀑布悬于对嶂,声势殊壮,惜不知名。道旁边杂花怒放,红白争艳,足慰岑寂。行二时许,微雨飞洒,山径荒凉,无可驻足。"通篇都是这样神完气足的文字。在此篇末尾,他也比较日本人对山河地理的研究,说无论怎样的重岩绝嶸,他们都力求修路通车,花费巨量资金而不恤,对山上的庙宇、文化遗迹、林木的渊源,都要详尽地编为志书,视为国宝,供人观览赏玩。

傅增湘游山,地方志是他必要的参考书。除此而外,更辅以现场观察、比勘、描述,加之对驻地山人或居民的访谈,使其游踪带有丰沛的人文因素。而且他登山也是不辞劳苦,无论怎样崎岖的险道,都要设法游览,使其盲区扫荡无遗。

先生号藏园居士,四川江安县人,为中国现代藏书家、版本目录学家。光绪二十四年(1898)中进士,授翰林院编修。辛亥革命后,曾任约法会议议员、教育总长等职。1927年任故宫博物院图书馆馆长。其藏书积至二十万卷之多,不仅为中国近现代藏书大家,还是中国地学会创建者。

先生的文字气韵丰美,简重严深。而先生的悲情,叙述文字带着衰爽的风声。对于残迹种因之解读,常令人辄生悲叹。描述自然生态,尤为穷形尽相。遣词造句,似乎深入物象之血脉骨髓。其对气氛的造设,最注意干湿浓淡的急剧变换,实更有寻常遣兴文字难以企及的重量。甫读之下,仿佛被其文字一把揪住,动弹不得,其文字之魔力一至于斯。

《游中岳记》显示,这里所保存的魏晋六朝的碑碣数量大、质量高。"所足惜者,沧桑递变,陈迹咸湮,访古之兴虽殷,而览胜之情多沮。盖由于流泉畏缩,林木荒枯,以至胜水名山,黯然无色，而寺宇之倾颓，古迹之芜废，犹其末焉者也……少林一曲，岳庙周垣，差具葱茏森秀之姿。其他故址，皆委于荒榛残砾之中，使人望之气索……弥望荒凉，牛山濯濯，求一合抱之木，蔽亩之阴，而渺不可得。"

《登泰岳记》则是山川形势、地理细节和人文遗迹总的梳理。其中写到普照寺，即随笔点出其自唐至清的变迁，又说："昔宋思仁尝谓寻泰山名胜，屐履殆遍，唯普照寺一区，山环水绕，茂林修竹，野花幽芳，山禽噪杂，虽山阴兰亭之胜不是过。余等方自穷岩绝涧涉险而来，忽睹林泉秀蔚，山水淑清，心目俄然开朗。""出过坊下，见有鬻泰山松者，松身高尺许，而枝干横出，鳞鬣苍森，大有摩云之势，因取数盆载之。暮返济南，大雨亦随车而至，似挟岱顶之云以俱归也。"

先生晚年游记之作《塞上行程录》，将山川态势、人物风貌、地理沿革、宗教变迁、边疆垦殖、民生经济一炉而烩之，大开大合，大处劲拔从容，微处细于毫发。六十多岁时，因边疆地方史志部门的一再坚请，重修《绥远通志》，欲请傅增湘为总纂，盖以志稿体例、结构、文字，非有如先生之宏通博览之人总摄其事不可。有趣的是，不管在省会还是区县，地方长官、银行经理、驻军长官、报社总编……各个风闻前来，接洽宴请，请益访谈，可见当时大学者的亲和力及学术分量。

在此人烟稀少的绝塞之上，先生也记录了多处苍润之境。"山外芳原百里，绿杨如荠，恍然如置身龙井之间……""两山夹峙，巨涧纵横，车即沿涧涉水而行，赭壁青林，时见野花四发，连冈被垒，皆紫萼黄英，山容益形秀丽，忘其为关塞荒凉也。"

王维的诗，可以说是谢灵运山水文学和陶渊明田园文学的折中；傅增湘游记，则可谓《游褒禅山记》之类纯文学和徐霞客地理游记文学的综合品。《洛阳伽蓝记》时空交错叠印，更增迷乱悲情，《水经注》描绘水道景色而多历史遐想，洵为旷世杰作，此皆地志之大成，当中最多黍离的悲情。《南方草木状》呢，则是旁观的风俗记录，文字较客观，几乎不动声色，多记依附于地理的人事。如说《水经注》是顿挫的组曲，傅增湘游记则是哀飒的长调。

　　书中对自然的归依，乃是对自由观念的认同；迷恋山水的投入，加深了精神的向往和对山河风月的追随体认。文字的摹写和画师的心曲相似，先生刻画山水的眸子，也勾勒山水的体貌，传达整体的气韵。而山水受伤之所在，亦往往是人的悲情所寄。饱受摧残之地，其气息也使文字携带阴郁苦重的气味。历史、生命、美与真的毁灭、邪恶的泛滥……被有机吸纳于文字的涌动之中。文字的容积感，既不嚣张也不突兀，然而暗中蕴藏着巨大深厚的情感力量。仿佛古典知识分子追求自由的基因，长期积淀，至此密集透露此种信息，它再现的自然物象镌刻上一种艺术价值和永恒性印记。

　　先生沉醉于对孤本古籍的赏奇析异之中，目录版本、校勘之学多发前人所未发，其成就一时无两。古文献学家余嘉锡曾说："藏园先生之于书，如贪夫之陇百货，奇珍异宝，竹头木屑，细大不捐，手权轻重，目辨真赝，人不能为毫发欺，盖其见之者博，故察之也详……至于校雠之学，尤先生专门名家。平生所校书，于旧本不轻改，亦不曲徇，务求得古人之真面目……"

　　先生为人处世平易谦和，但他的文字端的是洪波涌起，深具内在爆发力。山川和人文遗迹的追述记忆，形诸笔墨，重塑历史风月、自然万籁。多篇大型游记，文字繁复而自由，厚重如础石。那是超自然的光影，以及诗化的叙事、沉思的抒情。他的游记重现历史的惊心动魄，使历史的空间更为深广，而意象的条理和艺术价值由此加密增重。

（《藏园游记》十六卷，印刷工业出版社1995年版）

辩证读古书

曹聚仁先生很反对青年读古书，他认为，好好青年，在书堆下变了废物，哀莫大焉。他尤其瞧不起宋明理学家及章句陋儒。"知识分子平日对国家安危盛衰，不闻不问，以为那是学问以外的闲事，到了危殆不可救药，也只有叹息几句了事。"这是他在《颜李学派之读书论》中对宋儒树高义而远社会所下的痛切批评。

后人看历史，视角不同，则结论大异；心情不同，则观点悬殊。曹先生的同龄人张恨水先生于此有全然迥异的看法，他要"为宋明之士呼冤"，他认为，宋明之士讲气节，而国家危亡不免要负责任，但较轻微，"因为他们讲气节的时候，全是在野之身，在朝握权柄的人，都是贾似道、马士英之流。读书人商量保护社稷，宰相却在斗蟋蟀、唱曲子……文天祥、史可法，武力落败。而他们那种大义孤忠，也让强敌低首下心地钦佩"。较之曹翁，张恨水先生批在了根子上。

张恨水先生意在强调不能因噎废食。宋明之士也有可师之处，但求不要流于过分迂腐而已。他还在《苏诗书后》中说，若是公卿都像苏东坡那样聪明，宋朝也不会亡了。诚哉斯言。真正的读书人正是社会、民族发展的灵魂，若辛亥时期同盟会那一代知识分子，正是读书人中的"重中之重"，是现代国家不可或缺的脊梁。他们不仅勤学不辍,更以前赴后继之姿为天下福祉鞠躬尽瘁。如若凿去帝王专制的桎梏,宋明之士也可刮垢磨光。今之美国大学教授,迂执过于宋明儒士而从事冷门研究者何可胜计,他们的行为怕也说得上是树高义、远社会了,却并无危殆之状。为什么呢?去除那种消磨读书人的社会土壤,方可矫正读书人的形象、处境,这才是值得三思的。如果只将读古书作为靶牌,终不免落到头痛医头、脚痛医脚的循环中,因为"不读古书即可救国"这个公式绝对不能成立。

识字难易说略

陈独秀在《小学识字教本》自序中尝谓："今之学校诵书释义矣，而识字仍如习符咒，学童苦之，且盲记漫无统纪之符咒至二三千字，其戕贼学童之脑力为何如耶！即中学初级生，犹以记字之繁难，累及学习国文，多耗日力，其他科目，咸受其损。"那个时期的年轻文化改革者，如魔附体，攻讦中国文字，不遗余力，视为仇雠，其口号则云"废除汉字，改用字母"（《胡适口述自传》第138页）。那时彼辈都还年轻，气血旺盛，执其一端，铆劲往牛角尖里死钻。

且不说汉字于文化传承的意义，即以汉字拉丁化以后而言，学童学之就易如反掌了吗？事有不然，且恐怕恰恰相反。唐德刚先生说他小时候学汉字，字、文结合，像《〈左传〉选粹》《史记菁华录》这些书都能整本背诵，"大多数的孩子均不以为苦"，家中长辈再辅之以物质刺激，小孩甚至主动啃起《资治通鉴》等大部头来，且乐在其中。但是拼音文字如何呢？"由于音节太长，单字不易组合，因而每个字都要另造出一个特别的单字来表明，如此则词汇（vocabulary）就多得可怕了。"（唐德刚《胡适杂忆》第132页）唐先生以其绝深的经验勘察，认为"认字"恰恰是拼音文字的最大麻烦——要读完五磅重的《纽约时报》，需认识五万单字，仅此即比《康熙字典》上的所有字还多。"五四"时的闯将们想象力贫乏，拿着鸡毛当令箭，自然见不及此了。唐先生之所以为学界巨擘，与其思其学的"全面发展"息息相关，故其发论大有百步穿杨之效。为什么呢？无他，老先生秉持实事求是的精神，而非一大批"某公"般从概念或预设观念出发。

茶道之道

《红楼梦》中写秦可卿领着贾宝玉入室，警幻仙姑又领着他神游太虚幻境，在那绿树清溪、雕栏玉砌之神秘所在，贾宝玉不仅见到了馥郁仙花，还见到了以名山异卉之精、宝珠树林之油所制的"群芳髓"。及至小丫鬟捧上茶来，原来这茶出自放春山遣香洞，又以仙花灵叶上所带的宿露烹煎，名叫"千红一窟"，贾宝玉见了，视为神品。

如此香美灵异的茶，难道是一般人所能享用的吗？谁知中国茶叶传到日本以后，讲究更多了，竟演化成了专门的茶道，而且这茶道还同禅的修证与禅悦联系在一起，所以，茶道即是禅悟之道。

大诗人陆游说："矮纸斜行闲作草，晴窗细乳戏分茶。"前一句铺垫，是休闲的心境；后一句渲染，是禅意的获得。日本禅学大师铃木大拙认为，茶道在于自我最终的纯化，并且茶道的淳朴是以松树下的茅屋为象征的。这样看来，茶道的美是原始而质朴的。为什么茶道又以松树下的茅屋为象征？这就是亲近自然的理想了。茶道与禅的相通之处，是在对事物的纯化。而在松荫茅檐下，室虽狭小，结构虽简单，然而静坐在这布置独到的小屋中，往往就要把名利、倾轧这些人性固有的弱点和毛病看淡一些、远离一些，在茶香的弥漫中，在寂静的空间里，天机舒卷，意境自深，这样说，茶道绝非简单的喝茶。

禅，尤其是作为禅的茶道，足以使我们的心中萌发一种真正的艺术气氛。禅悟的获得在静，而茶香的飘逸、茶烟的袅动、茶叶的翻浮，虽都是动，但动复归静，即其动之本身也是微动，正好作为静境的烘托和铺垫。

酒使人陶醉，茶却使人微醺；酒使人沉湎，茶令人梦幻。在禅院中常常能看到四字书法：和、敬、清、寂。在静寂中沉入梦幻，在梦幻中潜回意识的底层。唐代的禅寺，僧人同来访者一起吃茶，其特质是使僧侣和诗人能够鉴赏它、品味它，在宁静的氛围中，产生一种安谧的气息，催人冥想。此时，敏感的心灵是很容易超逸到俗务之外去的。

人生、艺术若是融化了这种茶道精神，不是别有一番格调和韵味吗？

禅院吃茶的仪式在唐宋间传入日本，并经改造后成为独立的茶道。在英语中，称之为tea ceremony。其实在中国，饮茶的习惯可上溯到东晋，那时僧侣饮茶是为了使精神复苏，助于坐禅入定，专注思维。唐代禅僧更盛行吃茶，同和尚交游甚厚的茶圣陆羽在其著作《茶经》中记载了一种源自丛林深处、充满自然韵味的煎茶之法，贯休诗云："青云名士时相访，茶煮西峰瀑布冰。"饮茶不仅是补充给养，更是一种精神的静寂与和融。人生于世，追求心灵自由者莫不抱着这样的愿望，抛开羁绊，向大自然倾吐心声。这才是茶道的真正着眼点。

记得三十多年前，我曾随侍一位老革命从北京赴川公干。其间往访峨眉，用了大半天时间，走小路，居然爬到峨眉高处。时序正是寒冬，山上白雪皑皑，乔木巍然高耸，铜枝铁干上多挂有冰凌。即便如此，仍是汗流浃背。在雷洞坪一带的木屋中，我们喝到地道的峨眉山茶。木屋外天寒地冻，屋内温暖如春，更有滚烫的峨眉山茶。在这样的情境中，茶不仅具止渴功能，更是一种莫大的精神慰藉，其味、其韵、其香，非沁人心脾无以形容。在此一时刻，它甚至代替了食物和酒的功能。

峨眉山山区内低云、多雾、雨量充沛，加之成土母质多样，孕育了丰富多彩的土壤类型……各种先天的良好条件，注定了峨眉山与茶业、茶事有着千丝万缕的不解之缘。

春秋战国之交，鬼谷子曾择峨眉山雷洞坪山崖的洞穴作为修行悟道之处，其尤喜山林中的古茶，汲泉煮之，可谓大有玄机。自汉以还，大小寺庙的僧人及道观的道士每每适时采摘新茶焙而饮之。宋代以降，峨眉山茶事活动蔚然成风，规模日益扩大，所产茶叶不仅数量众多，且品质上乘。延至明清，峨眉茶名更是声震海内外。清代《嘉定府志·赋役志》曾载："宋熙宁间茶马大兴，峨眉白芽当时甚珍之。"已是非同小可。

自金顶附近向山腰处俯视，但见万丈深渊，壁立千仞，此间海拔甚高，置身其间，天风浩荡，如万马奔腾，倏忽弥漫渗透，寒气逼人。

榛莽荆棘丛中，恍惚间万怪惶惑，悬嶂摩空，万象森然。山体细流甚多，然因万丈深渊，故使水汽霏微，化为游丝轻霭，终于飘坠于无何有之乡。

峨眉山雄伟幽深，逶迤磅礴；峨眉茶清香甘醇，无与伦比。山势之雄伟宏阔令人心惊。村落间流泉潺潺，绕屋而出，多削竹接引之，由檐阶而下，颇便于截取，清韵泠泠，使人神爽。屋周菜畦麦垄，欣欣向荣。

峨眉茶园可谓震撼人心之风景。千百年来，辛勤垦殖，无意中造就了天人合一的壮丽景象。

正是历代的百姓和僧人，以不懈耕耘与虔诚之心，铸就了峨眉茶园的辉煌。峨眉雄山以其巍峨之姿，与人们和谐共融，相信这份无间之情，即使经过漫长的岁月，也依然会鲜明如恒。

在这样的环境中，茶香茶韵与幽深静谧的禅境相得益彰，茶道的精神也得以与禅家推崇的平常心不谋而合。在茶的氤氲中，禅境被渲染得异常广漠饱满。南屏山白云庵楹联"石墨一枝春问山僧梅子成熟，梵钟几许晓唤世人尘梦醒来"，则以天籁生机的代谢烘托梵音里的警醒，并奠定修行入定、去妄明心的境界。

东风吹着便成春

——观陈志才先生画作感言

承继宋人苏轼的文人画传统,并将诗文书画融为一体,是为当代巴蜀画派的鲜明特色。四川省诗书画院专职画家兼工笔画室主任——蕉雨轩主人陈志才先生,乃当代巴蜀画派骨干,其书画创作保有浓郁的写意精神、强大的综合运笔能力,以及富含诗意的隽永之美,驰名海内外画坛久已。

墨则雨润、彩则露鲜,有活墨生香之感

志才先生的画,山水、人物、花卉、翎毛、走兽、鱼虫、瓜果等无一不能,亦无一不工,其中又以花卉画得最多,亦最特出。其人才横而笔豪,于工笔和小写意之外,将花木与禽鸟、勾勒与没骨、水墨与泼彩、画境与诗意,融会结合,有时将水墨倾泼于画面,再根据情况加以勾染,彰显出洒脱雄迈之气,真足以"推倒一世之智勇,开拓万古之心胸"。

其花果翎毛,着色简淡,深入宋元堂奥,继承了南宋梁楷、牧溪的放纵简括风格,水墨清华、空灵变幻、苍洁旷远,笔势遒劲奔放、灵活飞动。如梅石禽鸟,深得八大山人神髓三昧,拳石挺劲峻

陈志才 · 《晨露》

东风吹着便成春 二〇五

墶，红梅凌寒绽放，一鸟立于石畔啾啾鸣唱，其设色及布局俱清雅出尘，有遗世独立之感。另以水墨技法写喇叭花、白玉兰、紫葡萄、黄菊一类花木，亦均极生动。创作技法上，水墨与彩墨、泼墨交相为用，意境空灵婉约、朦胧幻化，瀚然而云、莹然而雨、泫泫然而露，有如宋词之华美蕴藉。其对于水墨运用，堪称"墨汁淋漓""烟岚满纸"。

对于花鸟画作之鉴赏品论，明人徐渭在《与两画史书》中有如下一段评价标准："百丛媚萼，一干枯枝，墨则雨润，彩则露鲜，飞鸣栖止，动静如生，悦性弄情，工而入逸，斯为妙品……"今观志才先生写意花鸟及山水诸作，既求形似，更求生韵，深得林良、吕纪、徐渭、陈淳诸家之长，且能自出机杼，真是足以当得"工而入逸，斯为妙品"这一评价。

放任挥洒，写意精神发挥得淋漓尽致

志才先生的画作，将写意的放任挥洒和造型的精密精确天衣无缝地结合起来，同时将水墨的意味从传统中突围出来，故而其时代性由水墨写意的出神入化、炉火纯青加以完成。色调沉沉，气魄雄浑，表现力极强，画面充满着生命的脉动，以及热烈而含蓄的情绪流动。就其完美度、分寸感、偶然和必然的统一而言，志才先生在当代同道中实属罕见。其笔、墨、水、色诸法极为完备，尤其在传统之中自由出入，终而登堂入室，探微索隐，入山既深，搜集又广，世罕其匹。

方薰在《山静居画论》中尝谓："画者初未尝有意于破笔沁墨

也,笔破墨沁皆弊也,乃反其得其妙,则画法之变化,实可参乎造物矣。"志才先生五岁时即接触绘事,得益于慈母亲切而严格的指教训练,其艺术之路自此根基稳固。现在他年近花甲,而其研习创作的时间竟有五十四年之久!深厚的家学背景,使得志才先生自幼便沉浸在上一代人造设的书画环境之中,耳濡目染,所见极广。

志才先生在绘画中归纳出属于自己的技术语言,保有强大的综合运笔能力,即技术手段的支撑,自如而深切地进入创作之境,可谓出乎其类而拔乎其萃。他将线条的有序和无序融为一体,在一种变动的环境中成其法度,渊然可见的弹力、韧性,静气十足又不失内在劲健的力量,此之谓辩证的统一。

志才先生勇于打破传统花鸟画和山水画技法的界限,一切以表现物象的神韵出发,泼墨、拖笔、勾皴、点染,控制在一种综合通盘的考量运用之中,物象既呈万类霜天竞自由的动态之美,又有深潜的静默之气渗透其间,可谓曲折迂回,动静结合,虚实相生,加之画面层次异常丰富,笔墨气势逼人,烘托出一种高洁、古拙、雄奇的特质。其所运用已经到了神乎其技的地步,真正达至"千变万化,出奇无穷可也"(黄宾虹语)的境界。

撷取唐宋人诗意入画,饶具隽永之美

志才先生画作诗意盎然,辅以超卓特出之技法,深得青藤、白阳诸家笔墨情趣。如所作《雨中海棠》,采撷宋人陈与义《春寒》诗意,衍成绝美画幅。诗云:"二月巴陵日日风,春寒未了怯园公。海棠不惜胭脂色,独立蒙蒙细雨中。"意致浓郁沉挚,引人怜爱遐想。画面烟雨迷离，半隐半现中，数枝海棠垂枝倒挂，一鸟于枝头顾盼下视，虽经蒙蒙春雨洗濯，花木犹自于料峭春寒中尽情绽放。画幅下半部之海棠，水墨写意勾勒枝叶，没骨设色晕染花瓣，均实写而出，对于上半部之粗壮枝干，则运用泼墨撞水法做虚化处理，虚实相生，凸显"蒙蒙细雨"的虚幻意境；画面左下方大块留白，又深得传统国画中"计白当黑"的妙谛。构图精妙入神如此，宜乎其所作多见佳构。

《牡丹蓝鸟》则以彩墨技法糅合传统水彩法描绘牡丹禽鸟，设色绮丽曼妙，气韵浑然天成，有西方油画神韵意趣。此画系描画陆放翁《忆天彭牡丹之盛有感》："常记彭州送牡丹，祥云径尺照金盘。岂知身老农桑野，一朵妖红梦里看。"画面设色五彩粲然、繁复多姿，尤其牡丹绯红妍丽之状，将"一朵妖红"之诗眼烘托而出，点睛传神，恰在于斯。另如《晨露》，绘丛竹翠鸟，所写为唐人许浑《题渚塘馆竹》，将"疏影月移壁，寒声风满堂"的竹之动感描画得生机活泼，意境隽永且传神。

独具慧眼的审美创作视角

志才先生自谓："我坚持中国传统文化'天人合一'的艺术精神。""发挥墨色在水分调节下出现的层次变化，达到'运墨而五色具'的艺术效果……"花鸟之外，他亦精擅山水人物，视角独具只眼，笔墨简洁明快。

写山水，如《古镇水墨写生百图》，绘写盐商旧居、偏岩古镇、山坡上的民兵诸作，纯以浅淡水墨挥洒而出，着墨虽不甚多，其间山川形胜、建筑营造、民俗风物却情趣盎然、生气勃发，为巴蜀地区所遗存之古镇写真传神，寓有"画以载史"之意。写人物，如《杨升庵与桂湖》，所绘杨慎及其侍女，人物及布景之华美，有如昆曲《牡丹亭》，令观众赏玩无尽。

近年来，国画的创新问题为画界所热议。近现代以降，主张国画应向西画借鉴者甚多，但所谓"中西融合"多流于浅表的技术嫁接。志才先生则独持己见、不随流俗，他始终秉承中国文化之主体精神，认为中国画应坚守"气韵生动""骨法用笔""诗文书画印冶于一炉"的根脉和精髓，永葆卓然独立之特色，或可于此大范畴之内运用新的材料、新的技法手段，断不可鲁莽挪用西画技法生硬嫁接。

著名书画家范曾先生认为东西方哲学（包含绘画）存在根本差异，西方哲学重逻辑推论之演绎法，东方哲学则重经验感悟之归纳法，因此，东西方绘画犹如永远不可能产生交集的两条平行线，绝无融合可能。傅抱石先生亦曾云："还有大倡中西绘画结婚的论者，结婚不结婚，现在无从测断，至于订婚，恐怕在三百年以后……"志才先生的画学观念中也保有相似的心曲和认知，认为侧重装饰效果、装置艺术等西画形式，绝非中国画的气韵，而应在恪守国画精粹的基础上守正创新，既师法自然，印证自然，又显露自己的个性，并将此理念贯注于其创作实践中，才能卓然大成，彰显出高华典雅的中国气派。

▲ 陈志才·《嘉州所见》

"蕉雨"名轩的深意解读

志才先生自名其书室为"蕉雨轩",以"蕉雨"名轩,自有深意在也。明人沈周于《听蕉记》中云:"蕉雨固相能也。蕉,静也;雨,动也,动静戛摩而成声,声与耳又能相入也……"乃谓蕉静而雨动,一动一静之间,声耳相接,顿生妙悟。志才先生种蕉于庭,用以伺雨,故号"蕉雨",雨打芭蕉之景可想象及之。进而论之,其所写花木佳卉诸植物为静者,鸣唱飞动之禽鸟则为动者,花与鸟联翩并置,深符石田先生"动静戛摩而成声"之义,殆亦有所得于动静之机者也!

巴山蜀水的涵育滋养

丹纳在其《艺术哲学》中提出影响艺术产生、发展的"种族、时代、环境"三要素说,认为艺术家的创作风格和审美特性深受地理、气候、风俗、经济等因素的影响。历经数十年的淬炼,志才先生的笔墨技巧已达至炉火纯青,相信除了纯技术的造诣外,更多还有巴山蜀水间自然天籁传递给他的神秘信息,并且直接形诸笔端,诉诸造型,幻化为自然天籁般的声音。其间深蕴着他体验自由精神而获得的审美经验,那种对自由由衷的感叹,最终外化为笔墨上的寄托。

志才先生的画作意象源自原始的川西山林,苍健而灵逸,极具生命之律动,与如水般流逝的时间同在。峨眉山青翠葱茏的山水雨林与其笔墨的运用渊然一体，在其运笔的疾徐顿挫间，似乎能够听到大自然无限深邃的回声。

志才先生1964年出生于成都，现为国家一级美术师、中国美协会员、四川省美协理事、中国画艺委会委员、成都市文联副主席、成都市美协副主席，作品相继荣获"巴蜀文艺奖""郭沫若文艺奖"等奖项，《繁花似锦》曾入选第十三届全国美展，并获得四川省优秀美术作品展优秀奖。

志才先生向来保有一种厚朴沉稳、博学深思的气象，因而其作品中充满了渗透性的静气、刚气、正气，集而粹之，外化为浓郁的书卷气，其所用笔，绝无孟浪鲁莽，更无一惊一乍或者突兀生猛的表现。用笔的疾徐轻重、线条的塑造处理与构型结体的匠心创设，汇合成一种高蹈不群的华美笔意。

对于悠久历史的凝望传承，志才先生博采众美，以诗为魂，以书为骨，作品体式伟岸而又格调高逸，展现出非凡的艺术造诣。现在推出的这次展览，吾侪不难窥见韵味深长而富有现代感的、在当今美术界颇具代表性的一种典雅画风，以及传神笔墨所蕴含的明月入怀的恢廓胸襟。

癸卯九秋于浮沤堂

致敬大地山川

——何兆明先生画展序

兆明先生的山水之作充溢着对大自然静观、静参的独有心得，而其笔墨对此心绪的承载，则以高明的技法，控制水墨运用，使其浑融无间而具淋漓滋润之效，并辅之以高度成熟的线条技法。其间持续蕴藏的，是他作为开拓型画家的创造精神。

历经数十年的淬炼，兆明先生的笔墨技巧已达至炉火纯青，相信除了纯技术的造诣外，更多还有自然天籁传递给他的神秘信息，并且直接形诸笔端，诉诸造型，幻化为自然天籁般的声音。其间深蕴着他体验自由精神而获得的审美经验，那种对自由由衷的感叹，最终外化为笔墨上的寄托。

兆明先生的花鸟画广受赞誉，不仅可视为其山水画的拓展，更是山河大地上富有灵性的精彩篇章。先生用笔，浓淡干湿，顿挫疾徐，无往而不利，视之以意眼，触之以动感，合之乃得速度、深度，进而营造出可观的艺术妙境。

因履历关系，虽然兆明先生行万里路，纳千丘万壑于胸中，但滇康、川西一带的山水仍是他认识自然山川的基点、开掘的重点，以及乡愁情绪寄托的着力点，并借以从中捕捉创作灵感。

芒鞋布衣而行万里之路，这位记录时代风貌的优秀艺术家仍在美的领域稳健前行。多年的摸索创造，伴随对艺术规律的参悟、哲学智慧的运用，心安神逸，居高临下，禅意流溢，如见山中高士，同时开辟思维自由驰骋的通衢。故而兆明先生的作品是对艺术被异化的反驳，成就了一剂原生态的艺术清凉散。

己亥年初夏

何兆明·《花鸟》

▲ 何兆明 · 《山水》

美的历险

——读黄永厚先生新作

在北京工作的最后三年方与黄永厚先生相知相交，但集中读其文章，还是南来之后。观其作画，有出尘之想；聆其咳唾，闻珠玉之声。翻阅先生新出的全彩文画合集《头衔一字集》，奇气扑面而来，令人想起《全晋文》《全后魏文》中的篇什。有极短文，如《刘姥姥》，"刘姥姥进大观园，其进，不改姥姥也"，全篇只有一两句话，而余韵迂转盘旋，久之不去。又有较长之篇，若《山水问答》，讲艺术技法、审美、创造力、人生况味、传神与写真、表现与再现的复杂关系，灼见迭出，仿佛书信，又仿佛闲语，应是抵得东坡"论画以形似，见与儿童邻"的当代极佳重新发现。

虽然先生说"平生未滴谋生泪"，但在《捉蒲团》的题跋里他又分明自承，"数为涕塞，不忍卒读"，其中蕴藏着一种"生亦难，死亦难，菜根涩，布衣寒，平生意气犹轩轩"的心境。七十多年人生境遇，密布着多少风雪夜归的滋味，所以先生的文章相当饶于情绪哲学意味。悲其志，未尝不垂涕想见其为人。就文法文风而言，先生的文章不拘格套，若非从胸臆流出，绝不轻易下笔，就像现代的公安体，以悲世之意多，故起笔常在高处，寓结实于空灵，语疏而意密，乃尚智之文。其迂回处如长亭折柳送客，慷慨处如荆

黄永厚·《古贤图》

卿之辞燕丹。至于行文，则简易、跳荡、奇突，有断续之妙，而中流自在。画家的书法本是书坛的一支劲旅奇兵，而画家的文章，如先生者，却有如文坛教外别传的孙大圣，文心奇创，别开生面。陈法窠臼，在他那里没有温床。

至于先生的画，那就是独与天地精神相往来，是"出新意于法度之中，寄妙理于豪放之外"。传统国画传承至今，夕阳无限之际，纷繁如茫茫九派，乱花迷眼，但就审美高度而言，各有定分，画与画大不一样。不少作品令人观之乏味，如同祢衡讥刺黄祖所言，"汝似庙中之神，虽受祭祀，恨无灵验"（《三国演义》第二十三回），此类缺乏生命力的"土木偶人"多得叫人气沮。反之，我们在黄永厚先生的笔墨里面读到的是见识、思想、文采。《谁挽羲和》的墨彩透着忧愤；《富贵云尔》恍惚红晕，浮生若梦；《刘叉》中，连树枝也跟人心一样搔首问天。其笔下的一番变形、拉开、合拢，用生为熟，冲击着我们的审美认知。先生当然是在陶写一己胸次，但更是在为人心世象立说立行。无者造之而使有，有者化之而使无，后台就是生活依据，画面令人惊风云之变。这种美的历险、美的追求，与寻常的好看确乎相距云汉。刘熙载《艺概》认为，"怪石以丑为美，丑到极处，便是美到极处"，先生气韵生动的用笔初衷可见一斑。因所寄托，取诸怀抱，用笔神完气足，浑灝流转。我曾以八个字来概括先生的绘画：生命、生机、活法、活力。此言大抵能得其大概。先生为当今文人画祭酒，良有以也。

黄永玉、黄永厚两兄弟与其亲友沈从文一样，皆出自湖南凤凰这片人杰地灵之地。兄弟俩不仅画风奇诡，长相也酷似，常有记者辨识错误，引起一些温馨的小笑话。

黄永厚先生乃黄埔军校高才生，后在刘伯承元帅的二野供职。据龚乐群先生的《黄埔简史》介绍，军校自第八期起，"延长修业时间为三年，并责令学生于英、德、日三国外文中选修一种，讲武之余，遂亦蔚成读书风气矣"。先生和那些雄姿英发的少年同窗，融科学、哲学、兵学为一体，自然培养出一种独特的学术研究氛围。这段经历乃是他智慧和脊梁的础石。我曾在一篇拙文中如是概括先生的艺术精神：他在传统国画夕阳无限之际，为其注入一束强烈的时代之光。这里面既有敢拿线装书来装"摩登时代"的复杂现代性，也有咳唾如虹的气魄，风趣可掬的机智！还有渗透到笔墨、构图、造境各环节里头的"德先生"和"赛先生"！真的艺术，那是精神解放和解放精神的通衢，在先生的笔墨里，我们渊然读到这样的理念：生命是自由的前提，而自由是生命的意义。

（《头衔一字集》，黄永厚著，花城出版社2002年版）

集藏的眼光与智慧

——《集古斋·徐启彬书画典藏集》

书画收藏对藏家的智力、眼光和水准构成了极大的考验,同时也检验着他们对艺术品变化的敏感度和前瞻性,这在最新出版的《集古斋·徐启彬书画典藏集》一书中表现得尤为明显。

启彬先生是艺术收藏界的佼佼者,早在20世纪70年代后期便已开启了书画收藏之路,虽说源于机缘巧合,但更有一种潜在的缘分,以及他对艺术先天的亲近和挚爱。迄今为止,其收藏历程已逾四十年,自始便坚定地走正道,未曾迷失方向,一心专注于当代书画篆刻艺术。如今,启彬先生已成为在海内外享有盛誉的收藏大家。

此前启彬先生已出版过两部集古斋书画典藏集,第三部在编排、装帧、选择上更加匠心独具。就此次出版的典藏集来看,其藏品呈现出真、精、全、稀的特征。多年的艺术修养使得启彬先生具有明辨真伪的高深眼光,此即真;精则是选择精品,由于启彬先生和艺术大家往来密切,往往许多藏品得自于艺术家本人,所以很好地将真与精结合在一起;全就是作品本身没有瑕疵和破损,品相极佳;稀,即物以稀为贵,发现稀有高端品种,及时果断地收藏。

盛世之时,收藏业尤为繁荣。随着国家富强,人民生活水平渐次提高,书画收藏逐渐成为社会风尚。凡成就卓越者,皆历经非凡之磨难与挫折，因此拥有异于常人的胆识、眼光与魄力。凭借长期的历练，集古斋主人启彬先生积累起了系统性、专业性和艺术性的深厚底蕴。他对艺术的深刻认知，既源于他敏锐的悟性，又得益于他不懈的实践与长期的研究积累。

该典藏集群英荟萃，精彩纷呈，观摩之际令人凝神久之，不忍移目。或庄严洒脱，亦雄豪流丽……有的俯仰有姿、豪情四溢；有的隽永浑厚、沉着大气；有的跌宕洒脱，清新灵动。总之，这部书中呈现的精品，内力弥漫，肃穆典雅，气场极其强大。马一浮、陈子庄等人的作品实属罕见珍品，细品其画面内涵，足见老一辈大学者与名家之深厚功力、高尚素养与精神风貌。其光辉之闪耀，足以与历史进程相辉映。

书中汇聚多位大家之作，诸如吴作人、钱松岩、蒋兆和、黄胄、韩美林、陈子庄、李琼久、吴一峰、孙竹篱、周明安、姚红叶、戴卫、邱笑秋、秦天柱、李涵、刘云泉、谢继筠、何应辉、洪厚甜、张剑、何兆明……所选之人皆名重一时，楮墨流芳，价值非凡。其间有史的沧桑、文的典雅、艺的高华、心的寄托，历历可见别出心裁的人文异彩，其所表现的智慧是想象力和经验、技法的最佳结合。

截至目前，全四川只有五位篆刻名家为西泠印社社员，即郭强、陈明德、王道义、曾杲、汪黎特，这几位高手又均为启彬先生挚友。为了传承与集载他们高端精深的作品，最佳限度地呈现他们千锤百炼的技法美感，启彬先生精心准备了上佳的印章石材，有青田冻之高端伟丽、菜花黄之蕴藉古艳、封门青之含蓄精纯、鸡血石之深醇高贵……汇集自然之结晶，良工之妙造，委实令人叹其精良，赞其华美，赏其超逸。凭借创作者卓越的才华与深厚的学养，这些享有盛名的书画篆刻佳作自然流露出生机勃勃的春意，展现出独特的飘逸姿态。在这些智慧之头脑中，艺术的点滴与整体、抽象与具象，相互交融，思接千载，收放自如。

收藏的过程就是知识积累的过程，许多藏品都是历史的载体，从它们身上可以折射出历史的光芒。此次出版的藏品汇集之作，即便仅从史料价值而非美学价值来考量，亦能深刻感受到历史的呼吸、景象与节拍。这些作品所蕴含的丰富内涵，仿佛浓缩在其气息深处，为读者提供了广阔的想象空间。而今结集出版使之面向社会，则可谓用动态的知识追索静态的艺术秘密，以及百年以来风云际会的踪迹，历史的干涸图景顿时鲜活起来。

时间的洪流冲不走艺术佳作的醇酒气息，艺术美的人文性带来充量的精神抚慰。美的灯影，绝非匆匆烟云，它在敏感而伟岸的心灵中悄然铺展出一片无边的风月画卷。此次精选的书画藏品，以卓越的质地与独特的气象，自然而然地流露出非凡的价值，成为可传之久远的精神珍品。其大笔挥洒而获得的美感效果，涵盖深远的人文特性，并融合了知识性与观赏性，既是艺术的载体，更是美的化身。在民间收藏活动空前繁荣的当下，人们通过欣赏出版的收藏品，不仅能够丰富审美情趣，提升艺术修养，还能体验到艺术创造与再发现的奇妙魅力，而这正是优秀出版物为读者带来的社会效益和积极价值。

（《集古斋·徐启彬书画典藏集》，徐启彬编，四川美术出版社2019年版）

王道义印风浅识

王道义先生为四川省诗书画院专职书法篆刻家、中国书法家协会会员、西泠印社社员、四川省书法家协会驻会副主席，其书法曾获文化部"第十二届'群星奖'金奖"、中国书法家协会"全国首届王羲之书法奖"等三十多项奖项，篆刻多次入选中国书法家协会主办的全国篆刻作品展，三次获西泠印社篆刻奖，成就极高。

王学浩序《小石山房印谱》尝云："自封建废而郡县，于是乎有印，秦汉以前有圭璧符节而已。无所谓印也。然秦汉之印，皆官印用铜，由官而私，于是乎有名印，由铜而石，于是乎有篆刻。所谓铁笔也，盖石之为质，非如铜之坚而拒，刻可以唯意所使。"

"唯意所使"一句内涵深厚，在道义先生的刻刀下亦表现得出神入化。道义先生创造性地博采众长，高古、沉雄、飘逸、遒丽等美的特征，统而摄之，综合而运用之，怪奇与矩度天然妥帖地融会之。半是功力半是天成，功力垫底，面目天成。虽云自由发挥，却也非此莫属。道义先生致力于研习先秦古文字与秦汉玺印，其篆刻追求典雅质朴，书法擅大篆、隶书、章草，崇尚艺文合一的金石书卷之韵，可谓心游万仞，着手成春，既深得古法之精髓，又独具匠心，有所创新与拓展，邰渊耀所谓"楮叶工疑鬼，锋端妙入神。寄情多俊语，无量出清新"。

▲ 王道义·"悬鱼"印底及印章

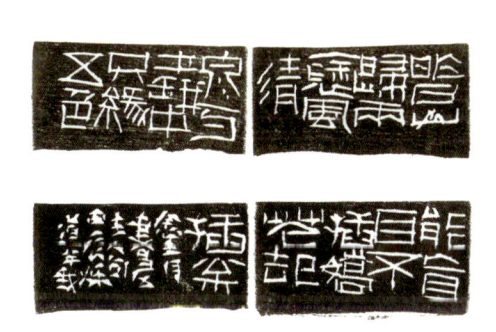

▲ 王道义·"清泉一勺土瓶中"印底及印章

近日，其治印系列《心经》长卷在小范围展览中惊艳亮相，受到一致好评。该作品耗时一年半，共五十三方，以封门菜花黄印石为载体。刀法沉着清秀，天趣流动，边款图像与文字交替，诗意盎然。印风奇秀高古而又典雅质朴，布印欹侧参差而又疏密有度。

治印的系列作品或曰长卷，古已有之。清代中晚期，顾湘与顾浩合力编辑的《小石山房印谱》堪称艺术瑰宝，所收录的皆为清代印章中的上乘之作。其中，特别引人瞩目的是《归去来兮辞》专卷，由程寿岩精心刻制。此卷完整呈现了陶渊明的名作精髓，每句一印，共计四十八方。这些印章不仅继承了北碑的沉雄峻宕之气，还融入了汉隶的浑穆古拙之风。长卷如浩渺气流，跌宕起伏，将陶渊明原作中那种超脱与高蹈的心态展现得淋漓尽致。

道义先生的作品，线条纯净而独特，形式美感抽离而独立。其结体造型巧妙融合了自由活泼与高古静美、开放与内敛、拙朴与大巧等对立统一的观念，呈现出盎然生机与自然浑成的艺术风貌。他对先秦文字（金文）的审美性抱有深刻的共鸣，特别擅长那种谲奇高蹈、典雅高古的气质。如同《散氏盘》的结构，经过铸冶与捶拓的洗礼，线条长短错落有致，打破了常规的对称、均匀与排比，秦汉印风的雄浑朴茂与先秦文字的变化多端相融合，最终呈现出种种不规则却又充满趣味的艺术效果。

《心经》完成后，印面和边款全部印在一张长卷上，字形结构避让有趣而不失于轻佻，多变但又不忸怩造作，犹如珠玑罗列、锦绣横陈，险峻中透露出疏朗含蓄之美，更展现出一种雄浑稳重的风范。道义先生匠心独运，别出心裁，作品风格多变，或浑穆，或诡谲，或高古，或清隽，但始终贯穿着他独特的艺术法则。观之读之，端的是放纵想象力的黄金时刻；趣味、气节、寓意、灵魂，都有深深的寄托和附着，澄怀观道，会心不远。说到底，凭借千锤百炼的艺术眼光与造诣，道义先生以深厚的艺术底蕴和成就，达至心灵解放。其作无往不收，无垂不缩，调控驾驭，如臂使指，体现了"艺高人胆大"的境界，令人欲罢不能。无论印文还是边款，皆巧不可阶，更于其中渗透人道、人性的大悲悯，这也是道义先生作品之所以高超脱俗的重要原因。

蔡邕论及力与势的审美辩证，尝谓："藏头护尾，力在字中，下笔用力，肌肤之丽，故曰：势来不可止，势去不可遏，惟笔软则奇怪生焉。"（《九势》）道义先生对此做过深入思考和不懈实践，故其作品视觉感应深契悟性之力。他既笃于好古，又能自书胸臆，以技阐道，不为形式所囿，自作之句皆有所寄托，非单纯炫技或玩物。因此，道义先生将自然之力进行抽象提炼，转化为一种心灵之力。新作《心经》通篇充溢坚质浩气，刀法因运势而漾溢，随血脉而充盈，仿佛赏味古老史诗，令人沉浸于这超迈的境界中难以自拔。

凌云西岸古嘉州

——名家美术书法作品展序

　　今之乐山，即古嘉州，乃是天府之国的耀眼明珠。自先秦拓土开疆，绵延至今，历史悠久，文化灿烂。纳百川之水，擎万嶂之势。茶马古道，大河潆洄。雄深雅健，江山如画。嘉木瑶草，掩映画栋雕梁；凭栏鉴古，且看沧海桑田。大佛端坐，更是蕴藉壮美，大气盈盈。文旅胜地，此间有丹霞流云；天府名城，上千年古芳新韵。

　　正值2021第八届四川国际旅游交易博览会在乐山隆重举行之际，"凌云西岸古嘉州——名家美术书法作品展"也同步揭幕，与此旅游盛会颉颃并进，辅车相依。

　　本次展出的作品，均系主办方精心策划与组织的成果，汇聚了众多享誉业界的书画名家及文化名人之佳作。画家们以乐山为蓝本，巧妙融合了地理的深邃奥秘与艺术的细腻感情，既从宏观上把握整体，又在细节处精雕细琢，展现了艺术家对乐山乃至巴蜀山水的独到研判。作品磅礴大气，悠远深沉又充满活力，仿佛一部徐徐铺展的人文地理画卷，以美学的形式呈现了蜀中山水悠久的历史，并将其升华为精神的陈酿、深沉的爱意和长久的希望。

　　本次展览中，画家们倾注了满腔的热情与深沉的爱意，使得笔下的乐山不仅传神动人，更洋溢着勃勃生机，观者甚至可以清晰地感受到作品中蕴含的惊奇与痛痒。山水画中，隐现着原生态的自然生命力，蕴含着不屈、坚忍、顽强、乐观的生存意识和深切的人文关怀。画家们以满腔的激情和挚爱，赞美故土、颂扬故土、记录故土、抒写故土，进而绘就出一幅幅洋溢着乡情、亲情、风情的乡土画卷。其不仅是真情流露的酣畅淋漓之作，更是值得细细品味、深入解读的深情表达。艺术家们以一种带着中国文化审美标准的笔墨语言挥毫创作，全身心深入山川河流脉络，与之相识、相知，最终与自然万物融汇无间，达到大人合一的境界。

书法作品呈现出高古、沉雄、飘逸、遒丽等美的特征，统而摄之，综合而运用之，奇伟与矩度天然妥帖融汇之。半是功力半是天成，功力垫底，面目天成。虽云自由发挥，却也非此莫属。篆刻作品既有秦汉玺印的典雅质朴，又融汇了明清以来的灵动创新，可谓心游万仞，饶有古法，展现出非凡的艺术造诣与个性风采。

这次展陈的名家艺术作品正是如此，自然的雄深雅健与艺术家笔墨运用浑然一体，充溢着妙造自然与回归大自然本身的气质。在其运笔的疾徐顿挫间，似乎能够听到大自然无限深邃的回声，并用绘画语言来诉说深广历史地理背景下的人文关怀。

一草一木总关情，地方风物与雄奇山川所蕴藏的深厚文化底蕴具有持久搏动的审美效果，仿佛在艺术语言的深处静静守望，等待看与欣赏者相遇。那些隐僻的或已远去的事物从时间深处缓缓走来，十幽微之处散发着独特的光芒。

这里名胜古迹众多，千年文脉绵延不绝。磅礴山川散发着醉人的泥土气息，葳蕤森林低语着历史的沧桑和生命的厚重。虽地处偏远，乐山却以经济后发之姿凸显了绿色生态的巨大潜力。气候温和、无霜期长、雨热同季、雨量充沛、四季分明等特点，使得乐山年平均气温保持在十六七摄氏度，成为人文探索与自然地理旅游的绝佳选择。本次名家美术书法作品展的举办，对于深化国际旅游、全域旅游，无疑将起到潜移默化的积极推动作用。

辛丑初秋

时间深处的情感叙事

——读吕峥《寻找诗婢家》

成都文化老字号诗婢家已荣耀迎来百岁华诞。大化迁流，岁月不居，诗婢家所关涉的史事人物，宛如一幅四川近现代文化的绚烂画卷。

作为成都资格最老的文房四宝老店，诗婢家的兴盛与转型深刻体现了一个文化品牌在时代变迁中生生不息的活力与深远影响。1981年，诗婢家于成都春熙路北段核心地段重挂招牌。作为字画装裱坊，诗婢家与北京荣宝斋、上海朵云轩、天津杨柳青四足鼎立，皆为中华传统文化载体之象征，不仅如此，其金石印章和文房四宝也广受书画家、收藏家所青睐，故而诗婢家兼有地理、人文、艺术史、传统工艺的集成与流变等多重概念。

在其百年志庆之际，《寻找诗婢家》由成都时代出版社、四川师范大学电子出版社联合推出。这是一部以史事为骨，以民国人物与世俗风情为血肉的长篇画卷，因了作者的慧眼与妙笔，书中故事被展现得淋漓尽致而又缠绵不绝。

作者吕峥叙事的文体意识和结构才能令人称羡。全书行文流畅，化俗为雅，笔触从容且扎实，内容浩渺而深广，读之入脑入心，如临其境，如见其人。史事源流在他笔下汩汩流出，读之似不

▲ 诗婢家 • 20世纪80年代诗婢家旧址

甚用力，而力已透十分。其文笔展现出他一贯的游刃有余与老练，仿佛一派千岩竞秀、万壑争流的景象，既有长风振林、宏大叙事的大气格局，更有微雨湿花、幽僻逸事的放大延伸。

诗婢家，宛若作者掌中紧握的风筝拉线，无数的史实搏动附着在诗婢家这一主轴上，又由这一主轴散发出无尽的风月声光。

近现代以来的艺坛、杏坛、军界、政界、文林、儒林，乃至华西坝、锦城的陈年往事，蜀地的艺术春秋，抗战时期的烽火岁月，世家大族、文人雅士与市井百姓的点滴生活，以及精湛的装裱技艺与木版水印工艺，这些与时代紧密相连的沉浮变迁，均被作者从历史的烟云中细细钩沉，使得时间深处的模糊影像得以清晰展现。书中所述之广，涵盖了历史转捩点的关键人物与事件；揭示之深，则是那些险些湮灭于时间尘埃中的传说。借此，诗婢家的前世今生得以展现，其深沉且感性的历史脉络由此生动地呈现在读者面前。

作者吕峥以深沉的情感和细腻的笔触，将一部工艺史娓娓道来。他自觉承担起发掘人文历史、传承精神文明的重任，精准地提取历史信息，勾勒出清晰的演变脉络，生动地展现了百年历史文化的原貌。其文字仿佛开启了一扇时光之门，引领读者跨越时空的界限，共赏绚烂的旧时月色，感受那些鲜活而深刻的生命心影。于是，人文老店历史变迁的岁月痕迹，物华天宝的独特文化魅力，异变为文字的陈酿、深挚的爱、久远的希望。时间的洪流冲不走艺术佳作的醇酒气息，艺术美的人文性带来充量的精神慰藉。美的灯影，绝非匆匆烟云，它在敏感而伟岸的心灵中悄然铺展出一片无边的风月画卷。

正如本书后记中所指出的："在柏优的坚守和努力下，诗婢家发展成集文房、文创、国学教育、艺术展览和艺术品拍卖为一体的综合性文化企业，受到诸多文化名人的赞赏与支持，不仅是琴台路的文化地标，更是成都百年文事的一个缩影。"其所阐述，尽得其间的辩证精髓。

其要旨，就是把历史的背阴处移动到明亮的地方来，把寻常的历史图景转换成足以代表历史生命的图景，并以此图景来沟通当代人的情感意识。这样，干涸的历史图景顿时生机盎然。在此，我们惊讶地见识了前人的苦闷与喜悦，见识了他们对美的追求以及对自由的期盼。

书中汇集了诗婢家丰富的藏品及史料图像，即使以美学价值之外的史料价值而言，亦可见历史的呼吸、历史的全景和节拍，浓缩在论述文字的气息深处。而今结集出版使之面向社会，则可谓用动

▲ 一百零六岁马识途书 • 寻找诗婢家

态的知识追索静态的艺术秘密,以及百年以来风云际会的踪迹。

　　随着时代的变迁,生活方式与意识形态不断更迭,然而人类的精神生命却始终保持着永恒的连贯,这正是《寻找诗婢家》的魅力所在。它引领我们穿越历史的迷雾,于艺术的起伏间,重新发掘那些被遗忘的生命带给我们的思想波动与深刻感触。历史具有永久性,也正在于这种时代精神与人性本质的流露。

（《寻找诗婢家》,吕峥著,成都时代出版社、四川师范大学电子出版社2021年版）

书法妙喻之别笺

《太平御览》引前人譬喻，状拟名家书法体势，具象可感。准确传神之外，别有一番风韵。激赏之余，为之笺证，非注释其出处来历。以古今杂书与之冥契道妙者为之再进一解，故谓之别笺。

"王右军书如谢家子弟，纵复不端正者，爽爽有一种风气。"

——东晋谢家子弟，身着乌衣，世称乌衣郎。以乌衣的整肃大气来烘托俊逸娴雅的精神情态。辛弃疾在《沁园春·灵山齐庵赋时筑偃湖未成》中亦以谢家子弟形容山势峻峭，"似谢家子弟，衣冠磊落"。洪迈《容斋随笔·唐书判》谓择人之法有四："一曰身，体貌丰伟；二曰言，言辞辨正；三曰书，楷法遒美……"若此似可见字知人。

"子敬书如河洛间少年，虽有充悦，而举体沓拖，殊不可耐。"

——李廓《长安少年行》有云："追逐轻薄伴，闲游不著绯……青楼无昼夜，歌舞歇时稀。"即为此类少年写照。言其书风行笔优柔寡断，匮乏弹力而精神不振。以李廓诗证之，则其疲沓处跃然纸上。

"羊欣书如大家婢为夫人，虽处其位，而举止羞涩，终不似真。"

——大家婢欲为夫人而未为夫人者，如《红楼梦》之袭人，多造作之态，每惹人厌。言其书艺虽有名而未能进窥堂奥也。卢纶《纶开府席上赋得咏美人名解愁》有云："舞态兼些醉，歌声似带羞。今朝总见也，只不解人愁。"以其不似真，而未能解愁，固矣。

"袁崧书如深山道士，见人便欲退缩。"

——此言其行笔多收敛而乏弹放。《徐霞客游记》卷一："攀绝磴三里，趋白云庵，人空庵圮，一道人在草莽中，见客至，望望去。"道人清隐，与外界人事隔膜悬殊，故见陌生人事，避之唯恐不及，这和武陵人误入桃花源，"村中闻有此人，咸来问讯"恰好相反。袁氏书法之乏力，于此喻大可想见。其与活泼飞动之书风自成两种极端也。

"萧子云书如春初望山林，花无处不发。"

——此言其书风烂漫多姿，如山花竞发，攒峦耸翠，涉目成赏。如"黄四娘家花满蹊"（杜甫），如"莺燕东风处处花"（甘瑾），声色移人，仿佛于墨韵中见之，难免"迷花倚石忽已暝"（李白）。似幻实真，似奇实确，艺术里面满是梦呵！

"崔子玉书如危峰阻日，孤松一枝，有绝望之意。"

——如"两岸杰秀，壁立亏天""回崿相望，孤影若浮"（《水经注》），自然造化之中，无所不有。姜夔论书法，首重人品高尚。人品与书品实乃一体两面，二者相辅相成，不可分割。但书品又与心情关涉颇深，世事如波上舟，且日居苦境，即云霞满纸，能不慨然绝望？

"皇象书如歌声绕梁，琴人舍徽。"

——此言其意到笔到，笔不到意亦到，意韵迂转盘旋，笔势之外，尚有袅袅不绝之想。如钱起"曲终人不见，江上数峰青"是也；如白居易"弦凝指咽声停处，别有深情一万重"是也。此喻系视听通感，转喻其难言之风神。

"孟光禄书如崩山绝崖，人见可畏。"

——岑文本《奉述飞白书势》谓，"飞毫列锦绣，拂素起龙鱼"，此喻是说他的书法有弹力，飞动惊炸，内力弥漫。但也可能用力过度，矫枉过正，故"人见可畏"。

"薄绍之书字势蹉跎，如舞女低腰，仙人啸树。"

——晏几道《鹧鸪天·彩袖殷勤捧玉钟》谓，"舞低杨柳楼心月，歌尽桃花扇底风"，韩偓《袅娜》云，"袅娜腰肢澹薄妆，六朝宫样窄衣裳"。这是说他字势柔媚，刘熙载论书法之书气，当以士气最高，若妇气、村气、市气、匠气皆不可取。一因笔墨跟书家性情相关联，故此君书法实有所不堪也。

"萧思话书走墨连绵，字势屈强，若龙跳天门，虎卧凤阙。"

——字势态连而倔强，似与瀑流相类，《水经注》卷三十谓，"于溪之东山有一水，发自山椒下数丈，素湍直注，颓波委壑，可数百丈"，差可拟之。钱锺书《管锥编》引用王僧虔对萧思话书法之评——"风流趣好"，则其变幻疏密，当有可观。

《印道》发刊词

巴蜀以其地理条件，曩昔交通阻滞，僻处西南，然正以其限制，反多自足之空间，艺文书画，生得其壤，长得其养，别具一种天时地利。春秋代序，而具一种特殊气质；地域氛围之异质，造成不同之趣味。

即间里俚儒野老，信手而为，藻绘亦多可观，至于骚人墨客，或奇士洽人，有为而作，与其著述辞章相辉映，其技巧不可阶，备极幽深，其善者，足以据美术史之要津而无逊色。尤以后蜀以降，洎至近现代，无论山水花鸟、释道人物，流派纷纭，龙虫并雕，才大如海。不仅名家辈出，即具宗匠地位者，亦不在少数。

书法，与文官系统基本要求相始终，为载道达意之意象性艺术，近代以还，谢无量影响至巨，书家风格浑朴，出其不意，怪怪奇奇，自成体系，意旨异于东南形胜之区。气韵恍惚生动，更具抒情风范。

印事发源，几与中原同期，近现代之乔大壮、张大千等，卓然宗师，影响及于海内外。及至当下，印家高手如林，造境构想，自出心裁，别开生面，较之古人用意，甚或当下京沪杭艺家，其创作思路之别致，形式构成之多样，雅正野逸汇一炉而治之，魅力独具，洵堪称道。

蜀中当下艺术家，地域特征鲜明，然于笔墨当随时代此一端绪，自成主张，以抒怀抱，实能大气盈盈，魄力天然，足以动人。其心曲所在，于空间而言，立足四川，胸怀海内外；立足当下，放眼未来。改革开放以来，卅余年创作实绩，足以证明蜀中艺术家保有一种融通中西的全球意识，而世界眼光、自主意识、创新精神，恰如其分地渗透其心智与笔墨。今《印道》刊行，着眼高迈，取法乎上，西蜀印社用力甚勤。雕龙绣虎，汇斫轮之妙手；自出机杼，集各路之奇作。两眼浮六合之间，一心在千秋之上。落笔时惊风雨，开口秀夺山川。诗书画印，莫不皆备，精心翰墨，不负天地所生矣，鉴赏者因之而获精神之盛宴。虽系论叙艺事，然则国风、雅颂，不特深入艺事精微之腠理，且也映照着时代得失之投影。

丁酉初秋

印章凝结风雨情怀

钱锺书先生后半生常用的六方印章，均出自核物理学家戈革先生之手。

1996年，我曾随侍于光远先生赴江苏讲学，晚上听于先生"讲古"，才"认识"戈革先生。那时于先生刚出了装帧极为考究的《碎思录》，戈革先生写了一则文情并茂的跋语，自谦"附骥尾"。一读之下，陡然令我一阵惊愕。这惊愕来自戈革先生结撰文章的苦心，用词的古雅朴茂，好像特级文物出土时的古艳，绝不因时光的消磨而陨灭，反而增添了高华之气。他说，"拜鞠学印，了无师承，亦无传人。其泽一世而斩。居常搜读故籍，究心众谱，操刀而刻，不循法度。自作自受，如是四十余年，依然是个闭门造车的汉子，自然与艺术界隔着偌大一个类空区间"。他的文字仿佛镌刻一般，处处与其上佳治印气息相通。

这次戈革先生著文披露替钱锺书先生治印的经过，那是20世纪50年代初，他考上清华大学物理研究所研究生，主攻核物理，恰好与钱先生的学生乔稚威住一屋，得以深入阅读钱先生的著作，并常能见到钱先生，由此而生高山仰止之情。遂在50年代末期，刻了三方名章托人送到钱先生府上。"四凶"粉碎后，钱先生致信给他，"辗转得来书，惊喜交集，尊贶印章，至今宝藏，未遭劫火"，信末还盖了那三方印，并注明"此即兄妙手奏刀者也"，于是戈革又新刻了三个印章赠予钱先生。

　　戈革先生治印，刀法深得汉魏书风影响，下刀及线条转折大气磅礴。厚重质实，又不失精灵透挺；波磔雄放，而融会跌宕顿挫。三十多年来，钱先生但凡落印之处，无不选用戈革先生精心篆刻的这六枚印章，可见钱先生推许之殷切深郁。汉魏的大气厚重乃是戈革先生运刀的风格，而其内在理念则源于他历经当代社会变迁与风尚洗礼，外化凝聚，造成一种深郁的金石人情味。里面有温情，亦有傲骨，更有哲人式的扼腕和感慨。刻篆雕虫，看似小技，实则就其上品而言，不知郁积了多少风雪夜归的滋味。这也是艺术恒久魅丽的展现，高妙之作，无不是这些非凡心路历程的璀璨结晶。

时间和地理的深沉咏叹

——张剑先生及其画作论析

作为文化大省，四川文化艺术界重量级名家代不乏人。五代之石恪、黄筌，北宋之苏轼，近代之谢无量、张大千，及至当代之陈子庄诸人，俱为名震中外的大作手。而成都知名画家张剑先生以其独特的艺术风格脱颖而出，山水、人物、花鸟兼擅。其笔墨承袭宋元，却不拘泥旧法；用笔圆转细致，却不显得琐碎；设色典雅清润，避免了轻浮之感；构图规整，毫无险怪奇诡之态。无论曲径小桥、萧寺茅庐，还是一树一石，无不布置有度。更值得一提的是，张剑先生在艺术上深受马远、夏圭的影响，往往截取山水一角，却具重峦深泽之概，造景穷尽小中见大之妙。

张剑先生1970年出生于成都，艺术生涯迄今近四十年。其现为中国美术家协会会员、四川省诗书画院专职画家，并拥有众多令人瞩目的头衔，此处难以一一列举。孩提时代，张剑先生便常随其父穿梭于市井茶肆，也常随父亲及其友人前往武侯祠或杜甫草堂，父辈们评点、赏析楹联和碑文时，他在一旁嬉戏玩耍，这种耳濡目染的经历逐渐培养了他对书画等传统文艺形式的浓厚兴趣。年岁稍长，更有幸得名师悉心指导，使得他的艺术造诣突飞猛进，技艺日益精湛。

张剑先生的业师戴卫先生功力深湛，在当代画坛名重一时，其作品既深饶传统功力，更渗透现代意识，被誉为中国当代画坛另辟蹊径的哲理画家。因深受其师艺术风格的熏陶与影响，张剑先生每次挥毫泼墨，都能巧妙地将中国传统艺术中的诗文、书画、印章等多种艺术门类融合一体，展现出独特的神韵。以下，我们将分别从其人物及花鸟画系列、茶馆民俗系列、鸿篇巨作系列以及线条结构等方面略作梳理阐发，以使读者一窥其绘画艺术整体风貌。

人物及花鸟画作的微妙境界

张剑先生的写意人物画多取材于陶潜、李白、杜甫等古圣先贤之诗词意境，技法上则追求以简约胜繁复，画风上取径于五代石恪、南宋梁楷之泼墨简笔，以古人笔墨技法来倾泻自己胸中的块垒和感慨。先以数笔勾勒出人物的眉目、耳鼻及须髯，大体面目既出，旋即大笔淋漓、纵横挥洒，衣纹轮廓一气呵成，极酣畅恣肆之笔墨能事。然后稍加着色渲染，水墨淋漓幛犹湿之际，作品大功告成。整个创作过程心手合一，达到一种微妙境界，赏读其画者当有妙悟。此类作品，诸如摹写陶潜《饮酒》、李白《将进酒》《听蜀僧濬弹琴》、杜甫《春夜喜雨》《茅屋为秋风所破歌》、苏轼《琴诗》《西江月·梅花》《定风波·莫听穿林打叶声》诸篇诗词意韵，以及观音、达摩静坐禅悟、高士踏雪寻梅、竹林幽坐、醉卧落花等题材，皆是臻于上乘境界的妙作佳构。画面浑厚大气，古朴苍润，元气淋漓，非谙熟诗词内蕴况味和写意笔墨技法者，岂能下笔有神如此？

观其花鸟画作，可看出师事徐渭、陈淳之影响痕迹，无论水墨还是着色，俱清逸雅洁、脱略尘俗，尤其将水墨晕染技法表现得淋漓尽致，显示出娴熟老到的统摄把控能力。此外，其书法功力亦深厚精湛，尤其擅长行草，字迹恣纵奔放，宛如天马行空，毫无羁绊束缚之感，或受徐渭草书之熏染影响较深，并与画面构成和谐统一之整体。

茶馆民俗系列　温情的沧桑感

张剑先生的人物画、花鸟画固然广获盛誉，备受称道，然而其民俗系列画作更是展现出深沉博大的境界。其茶馆系列已坚持画了数十年之久，作品《成都坝坝茶》曾在中国美术家协会"2006年全国中国画作品展"中获优秀奖。另如《盖碗茶》《听评书》《浓荫里的茶香》等作品，均属于同一系列，将历史、地理、自然、民俗、人文融冶为一体，深切刻画出茶馆中民众听评书、品茗、摆龙门阵的闲适惬意生活。

在此类茶馆题材的民俗画作中，张剑先生醉心于表现其所熟悉的父老乡亲、人文史地，并以阡陌纵横式的勘察、定点钻探式的深挖以及高屋建瓴式的判断展现思想美学魅力，将民俗风味拓展成一种浩荡深邃的表述方式，从而奠定其民俗画作"独此一家、别无分店"的艺术地位。梦幻般的场景处理堪称经典，张剑先生以梦寐般的笔触复原了令人难忘的人和事、情与景，使人悠然梦回现场，俨然与茶馆中人一同落座清谈，共享浮生半日之闲。

茶馆一类的风物传说虽以叙事为主，但其中蕴含的情感与情绪

◀ 张剑·《听评书》

时间和地理的深沉咏叹　二四五

却自然流淌，散发出一种温情的沧桑感。这种情感渗透不仅提升了作品的美学高度和艺术境界，更使人物和事件的发展变化过程充满了情感色彩和倾向性。其间巧妙渗透抒情点染，使得笔墨叙事饱满而又灵活，也使得画面充溢活力。从张剑先生的作品中，足以感受到他对成都茶馆的深沉痴迷与无限热爱。

巨幅大画　雄深雅健

张剑先生的多幅巨画，如八尺甚至丈二匹的巨制，不仅在质上展现了深厚的艺术造诣，更在量上凸显了沉静中蕴含的浑厚力量。这些作品用笔老辣华滋、厚重宏大，场景气势磅礴。造化的气质自然而然地流贯在其艺术创作中，宛然深具"思力功深石补天"的内在精神，恣肆的奇纵和规则的约束天衣无缝地恰切融汇，沉着雄健中保有流转激荡的畅美。尤其令人称道的是，张剑先生在款识与题跋方面展现出醇厚的书法功力，其多采用长篇跋语，笔触磅礴流丽，对于画面未能穷尽阐述之部分，加以诗文描述，遂使得内中意味尤不可穷极，从而造成艺文与书画合之双美、相得益彰的诗性升华。

之所以能将巨幅大画调遣自如，盖因张剑先生于绘画创作中异常注重写生基本功之锤炼打磨，借此反哺创作。其曾于弱冠之际制订写生计划，冀以十五年钢笔线描写生、十五年毛笔写生，及至知天命之年，则写生生涯长达三十余年之久。并以麒跃阁美术学校为阵地，悉心培育英才，引领门下弟子外出师法造化、写生创作，足迹遍布西蜀各地，甚至远涉海外，写生稿量逾万幅。在此期间，张剑先生也阅读了大量的文史哲及美学方面著述，为其绘画创作提供了深厚的精神滋养和坚实的理论基础。入蜀方知画意浓，张剑先生积学储宝、孜孜不倦如此，观其山水画作如对真景，令读者逍遥于其间而悠然意远。

《新风悬崖村》：笔墨当随时代

悬崖村真名是阿土列尔村，隶属昭觉县支尔莫乡，其所处位置虽海拔不高，在一千五百米左右，然自河谷地带攀爬至村子所在，其间绝对高度近千米。现在虽然修筑了千余级钢梯，仍属畏途巉岩不可攀。自山顶或山腰处俯视，但见万丈深渊，壁立千仞，爬至一半，天风浩荡，如万马奔腾，倏忽地气下降，寒意逼人。极目峡底，云雾缭绕，涌起变幻，令人不免头晕目眩。以前的道路即在钢梯覆盖之下，或以钢绳，或以藤条编织结裹，以供攀缘，若非亲历，殊不敢想象。榛莽荆棘丛中，恍惚间万怪惶惑，悬嶂摩空，万象森然。山体细流甚夥，然因万丈深渊，故使水汽霏微，化为游丝轻霭，终于飘坠于无何有之乡。

张剑先生的《新风悬崖村》为横幅巨作，横四百三十厘米、纵二百一十五厘米，横纵比例恰为二比一，创作这幅作品时，画家本人特意避开了当今画坛流行的"画照片"风气。画面上，悬崖壁立千仞、险峻异常、周边重峦叠嶂、云烟缭绕。悬崖之上，一队中老年游客相互牵挽扶持、拾级而上，其意态之从容自得，宛若信步闲庭。张剑先生以鲜活笔触将沉淀的历史写活，为变迁的岁月留痕，彰显出物华天宝的独特文化魅力……其笔下的悬崖村，不仅承载着久远凝重的历史记忆，更在新时代的洗礼下焕发出浴火重生的飞跃

风景与画境　二四八

之变,化作笔墨构境的陈酿,透露出他对这片土地深挚的爱与久远的希望。

《新风悬崖村》大气磅礴而又含蓄深沉,是自然礼赞,也是艺术炫技。这里地处横断山脉边缘,巍峨的山体辽阔雄壮,逶迤无尽,壁立千仞,雄伟高峙,诚罕见奇观,堪称大自然的妙手杰作。崇山峻岭之间,往往云雾浩瀚,覆盖巍峨群山,淹没丛林江河,仿佛天海一色,颇为惊心动魄。人与大自然依托共生之关系,深刻而又淋漓尽致地表现出来,通过光影、色彩甚至笔触的微妙处理,透露出一种时代之变化、时代之新貌,观者自能体会。从某种角度看来,亦可视为当下乡村振兴、新农村建设在艺术领域的生动例证,将往昔望之令人望而生畏的藤条绳索移换为坚不可摧的钢梯,天堑变通途,充分彰显出新时代悬崖村人坚韧不拔的"长征精神"和"新愚公移山精神",无疑是中华民族大无畏精神的又一经典体现。

线条与结构　深婉的生命力

亚里士多德尝谓,"艺术就是杂多的统一,是不协调因素的协调"。张剑先生神情、意度、品位、学养之涵容,以及作品之丰富性,正是对此艺术辩证法的上佳诠释。其画作中的线条与结构,皆以意取象,既求状物而又少俗态,线条之概括力、结构之可塑性、笔墨之精炼程度,俱在其通盘考量之中。万物竞发,天籁自在,沉静虚和,古意盎然,写意的放达和造型的精切完美融合,和其哲学理念如出一辙,保持生活与艺术的深度下潜。

张剑先生的线条深具魏晋与盛唐的丰神及美感,又巧妙地脱胎于顾恺之、陈老莲等前贤的影响，自成一格。在传统的线描力量之外，深度地融入了现代水墨的抒情性与表现性，使线条在为造型服务的同时，赋予它们生命力与思想性，由此意趣盎然，韵味无穷。其笔下的线条运动轨迹，呈现出视觉叙事的深婉迤逦，生命形态的丰富性与精神表现的本质性注入线条之中，使其既凝重又精炼，甚至生活中先天存在的一些二元对立范畴都被巧妙地镶嵌其中，呈现出跌宕起伏的艺术魅力。那种描述的调子，是恒久、深入的渗透，是辐射、持续的弥漫。这样的情绪哲学，带着泥土的朴实与花朵的芬芳，无疑能够穿越各种界限，温暖每一个读者的心灵。

画家本人的夫子自道

张剑先生曾深思其创作心路，坦言道："我的创作源泉与蜀山蜀水情义相接，中国画之本，首在明了中国传统文化的深厚文脉，这就要求画家必须具备扎实的文化学养和艺术功底，浓淡干湿、墨色枯润等技法皆为其后。我身体力行绘画理论，追求如诗般的神韵，旨在以形写意，以意达神。意神结合，表现形式多样，蕴含中国传统文化的丰富内涵，既见博大精深，又致广大精微。"

好一个"与蜀山蜀水情义相接"！万物的美感其实是人的情感体现，绮丽壮美的古巴蜀历史、地理亦然。在张剑先生笔下，因了情感和挚爱的深度注入，其作品不仅生动传神，更有了温度和生命，甚至可以清晰地感受到它的惊奇和痛痒。盖因山水画中，含有或隐或显的原生态自然生命力，那种不屈、坚忍、顽强、乐观的生存意识和人文关怀。总之，是以满腔的激情和挚爱来赞美故土、颂赞故土、记录故土、抒写故土，从而绘就了一幅幅充满乡情、亲情、风情的乡土画卷，其既是酣畅淋漓的真情流露，更是娓娓道来的深情表达。

现实中张剑先生为人内敛低调，一旦作起画来，就仿佛一位指挥千军万马的将军，气定神闲而又运筹帷幄，如苏东坡所说，是"行于所当行，止于不可不止"。他的调子类似于油画中的灰调子，其中蕴含着独特的亮点，但并非油画中的高光，而是画中的人物、动物或大自然的任一元素，它们亮丽明艳，在万千灰黑之中自然提亮。他笔下的山石，虽用墨描绘，却显现出"宝光色"。在用色方面，他不再将色彩作为山石树木的点缀，而是直接用色勾画线条，达到气韵生动之境地，从而赋予人身临其境之感。

当代画坛大家丁聪先生见及其人其艺，深感敬佩与赞赏，特挥毫题词相赠，以表达勖勉与激励之意。其词曰："作画认真，教学勤奋，待人诚恳。张剑印象，丁聪，九六年五月成都。"前辈殷殷奖掖提挈之情，洋溢于字里行间。张剑先生以一种带着中国文化审美标准的笔墨语言挥毫创作，全身心地深入山川河流脉络，与之相识、相知，进而与自然万物融汇无间，达到天人合一的境界。他的作品呈现出高古、沉雄、飘逸、遒丽等特性，统而摄之，综合而运用之，奇伟与矩度天然妥帖融汇之。半是功力半是天成，功力垫底，面目天成。虽云自由发挥，然其绘画能取得今日之大成，却也是实至名归，势所必然！

癸卯三月于浮沤堂

大地灵魂的深沉喟叹

——牛放诗集《诗藏》解读

近日,川籍著名作家牛放先生的《诗藏》由西藏人民出版社正式出版发行。作为西藏自治区重要文化项目"藏羚羊丛书·诗歌卷"的首发之作,此书深刻展现了汉藏民族间的深厚情谊、广泛的人文关怀以及对美好生活的无限颂歌。

《藏地》承载的回忆与存在有着深远的关系,它是牛放对过去经验的细致反刍,并在其诗性叙述中产生种种奇异的关联。这种关联,唯有经由文学高手的精妙整合,方能产生持续的审美效果。三十年未能亲近的故乡,再见时,"故乡的山樱桃开得那么灿烂""如果时间停下来,我相信这是一尊信仰的雕像"。

的确,回忆是对时间的梳理与阐释,同时也是通往终极境界的阶梯,承载着丰富的精神经验,构筑起审美探索的起点。回忆让我们深刻体验到存在的意义,在《御碑与梨花》中,御碑是如何被时间冷落的?"在时间的背后,帝王的尊严竟不如一朵梨花生动""我从四百年后的秋天走来,古格已然风化""皎洁的明月甘愿与逝去的废墟相伴",诸如此类;在《梨花是春天的借口》中,诗人更是将时间与空间交错,从而将伟岸的生命力和盘托出,洒脱而深邃,舒缓而深远。

牛放对时空关系高度敏感。对于时间关系的处理，使得空间活动激荡起来；对于空间关系的处理，使得时间静止停滞下来。由此造成诗歌艺术上的空白，即一种艺术上的空间。言外语意层层荡开，袅袅不尽，仿佛国画中的留白，言有尽，意无穷，往往能调动受众的想象力，使得读者在审美接受上再次进行审美创造。空白编织的语言之网、诗意之境造就出别样的深度，就技法层面而言，是一种艰难的智力活动，是智力的认知与情绪的结晶。经验确实是文学创作活动的首选条件，这里面除了经历某种事例，更多的是指对时间之流穿过具体物质的反思和沉淀。文字的摹写，与画师的心曲相似，牛放刻画藏地的眸子，也勾勒大地的体貌，传达整体的气韵。

牛放诗作的陈述方式，先验地瓦解了传统中稳定且连贯的语象序列，创造性地重组了阐释的符码体系。他对意象的捕捉展现出非凡的敏锐与活力，使得每句诗都具有透视性，能够穿透表象，触及心灵的幽微之处。

人属于时间，也属于空间。其实人和植物相仿，颇受地理环境的影响，对世间万物的感受因此而千差万别，这些差异深刻反映了我们感知世界的深度与广度。在当今诗人中，牛放对时间的敏感着实鲜见。如果时光倒流，温暖的意象和苦难的生活勘校，尘世的重量与时光交汇，在无限放大的空间中，无可挽回的遗憾将更添时间的厚重感，而所有的意象皆为大地最为普遍的记忆：藏地，一本有关自然与人的百科全书，遍布羌塘草原的野花，幻影般屹立的雪山，苍凉的古村落，遥远的锅庄，月光下的王城，磨坊里的古歌，峡谷与大江，群山与碉楼，古寺与御碑……

人类受限于种种历史条件的桎梏，渺小而辛劳，不断在局限中挣扎前行。然而，牛放的诗歌却能巧妙地将这种局限与亘古的时空相对照，展现出深沉而高妙的感慨，且多发为深异明晰之比喻，将形而上之抽象问题化为具象之对比，一读之下，即有沦肌浃髓之感。这深刻体现了牛放对时空关系的精妙驾驭，通过时空的交织、互换与反思，以及对时空体验的细腻描绘，他成功唤醒了接受者内心深处的审美共鸣。这一过程超越了物质层面的束缚，直抵精神核心，实现了对时间的超越，让事物的美学价值与人的精神感悟在审美宇宙中得以永恒。

牛放的诗作艺术感浑然天成，其不仅是卓越心智的展现，更是情绪哲学层面的深刻超越。而他的感性本质在于，能够不依赖反理性思考，直接跃入直觉的深渊，对生活保持着一种近乎本能的敏锐洞察。这种能力让他能够轻松捕捉那些日常中平凡而温暖的事物，并赋予它们不平凡的意义。敏感、敏锐，无须踌躇，直指心源，贯穿陌生化的效应，也即亚里士多德说的"惊奇"。通过隐喻，牛放将不同意象进行等值互换，也即将单向的、易见的喻象拉远，与不相干的事物相联络，从而在读者心中激起强烈的惊愕与新奇感。最终的效果是，拉得越远，合得越拢，与戏剧中的陌生化间离效果就越异曲同工。

诗人以一支灵动非凡的妙笔引领心灵与自然对接，从而触及宇宙与人生最本质、最深刻的认知。其诗句蕴含着强大的内在张力，字里行间跃动着旺盛的生命力，不仅细腻描绘山川的雄浑与人文遗迹的沧桑，更在字里行间巧妙重构历史的风华与自然的韵律，满载着深邃的怀想与悠长的叹息，读之令人惕然，心生无限感慨与共鸣。如此，诗句中的意象层次更为丰富，艺术价值也随之倍增。

由于自幼成长于藏地，牛放对这片土地独特人文地理的描绘散发着一种难以言喻的魅力。这些作品不仅深深植根于信仰的土壤，更是历史与大地的精神底色，展现出一种深邃而博大的情怀。在文字的运用上，牛放展现出极高的艺术造诣，笔触既不张扬也不生硬，文字的容积感恰到好处，暗中却蕴藏着深厚的情感力量。密集透露的信息，为那些再现的自然物象镌刻上一种永恒性印记。分开来看，每一首如顿挫的曲目，整本书合而观之，则是衰飒的长调。

丁酉年初冬写于成都

赵彬的山水画

唐代诗僧贯休名句"雁荡经行云漠漠,龙湫宴坐雨蒙蒙",读着似有无限惬意的感觉。品赵彬先生的山水画,则山色之苍黛幽微,山气之清凉袭人,山意之静谧悠远,与自然界的无边风月共同酿造出一个可供精神栖息的理想世界。"山路原无雨,空翠湿人衣"这一联诗,恰似赵彬先生笔下的意趣与氛围:仿佛能听到山花悄然绽放的细语、流泉潺潺的吟唱,以及矶鹬不经意间的长鸣……这深山大壑的景致是何等令人着迷啊!

法国文论大师丹纳认为人文地理对美术有着决定意义和作用。此种人文地理,包括环境风俗和时代精神两种主要因素。

今日我们来看川西实力国画家赵彬先生的作品,不难发现其作品深受这种影响。赵彬先生自幼生活在川西盆地及山区,故于巴蜀山水精神尤多体悟。其笔法固然精到,巧妙运用浓淡匀染来凸显墨韵,峰峦重叠,格老墨浓,凝坐观之,云烟忽生。中国山水画成长于唐代,成熟于宋,至元朝笔法格调均发生显著变化,若倪瓒擅写荒寒平远之境,气象萧疏,画面尤其枯涩淡远,此同士大夫艺术家精神衰弱有着密不可分的关系。赵彬先生之作,虽汲取宋元明清历朝优秀遗产之精华,然其更多展现的是个人的摸索心得与独特变法。他读万卷书,行万里路,胸中积壑深厚,画风苍健、浑朴、烟

赵彬·《山花》

润、厚重。观其作品意象内涵，那种饱满的精神状态，与巴山蜀水的葱郁自然气韵有着相同的机杼理念，可谓同气连枝，相得益彰。

在赵彬先生数以千计的山水画作中，大自然的搏动气韵无处不在，深深渗透于每一处笔触之中。深邃林壑，丛祠古木，杖履经营，尽归笔底，而岩际瀑布飞流，路隅兀立古幢，又时时隐现于松山夕照间。举凡碧润之曲，古松之荫，百丈山川，苍崖翠嶂，俱设色古厚而不失鲜活之气。赵彬先生艺心之细，细若毫发，千山水奇观，即便是点滴细节，亦不肯放过，如古涛所言，"搜尽奇峰打草

赵彬·《川西高原小景》

稿",故能大胆创造,突破前人窠臼。其作品意境清新深蔚,挥洒自如,变化多端,正如"此中有真意,欲辩已忘言"。

　　赵彬先生才华横溢,创作颇丰,著有电视剧、曲艺、话剧剧本及小说多部。读书出经入史,才调纵横,故其画作每有书卷之气盎然楮墨之外。工作之余,其专心绘事,推敲思量,每致寝食皆忘,通宵达旦伫立于画案前,亦颇有之。其大画磅礴深郁,气象万千;小品之作笔墨俊秀,点画之间,生机浩沛,可谓"得造化之精微,游心神于象外"。

河山烟云自供养
——伍立杨先生画作初评

癸卯岁阑,欣悉蜀中伍立杨兄将于甲辰初夏举办"河山烟云"画展,作为相识相知多年的老友,衷心道贺之余,爰就所知,略就其书画艺事聊作阐发绍介,以告艺苑同道诸君。

世人皆以学者、作家、民国史研究专家看待立杨兄,固只窥见其一端而已,殊不知其书画之高妙拔俗、超卓挺立,画名实为文名所掩。其天资聪颖、才华富赡,早岁肆力学文之外,分其余裕及于书画创作,深悟"学画当求造达古人之境界",专攻山水,旁及花鸟,或水墨淋漓,或浅绛着色,或寸缣尺幅,或寻丈巨制,构思命意俱迥超时辈,莫不笔墨浑成,意与境融,于雅健之中兼饶秀润之气。以文章大家兼擅书画，且达至如此精妙古雅境地者，环顾当今文坛艺苑，实不多觏。

立杨兄出身于蜀中书香门第、艺文世家，家中珍藏有历代名家字帖画谱等资料，以供观摩研习，由此引发其习画之浓烈兴趣。描画临摹既久，加之饱读诗书、腹笥丰盈，既有深湛坚实的文学素养，同时又广泛涉猎前人名迹，因此能够轻易吸收并消化这些艺术精髓，故其一下笔，就能参透天机、逸气横溢，颇多作品可列为"神逸"之列。

立杨兄之绘事，嗜古而不泥古，师法传统复不为传统所囿。有论者谓其绘画取法于新安画派，此言良是，亦不尽然。其取径多端、变化莫测，有意融合南北宗，转益多师为吾师。筑基于两宋山水之雄浑博大，兼取元四家神韵，以及清代四王吴恽之优长，莫不心摹手追，穷其神髓所在，尤能脱去蹊径、弃芜存精，取其逸韵而自成一标格。于近人，则独喜黄宾虹。立杨兄深得宾翁山水浑厚、草木华滋之深意，且尝与当代画坛巨擘、国学大儒范曾先生交游往还、追陪杖履，得范先生指授诗文书画创作赏鉴之道。故其所作，熔铸锻造古今于一炉，尽为我所驱遣，具有"气骨古雅、神韵秀逸、使笔无痕、用墨精彩、布局变化、设色清润"之妙，入古出新、指挥如意，自属意料中事耳。

谈及中国书画，自古强调神韵之逸，初始皆先存乎其为人，而后表现于艺事。《论语》有逸民，《庄子》有神人，书画中之逸品，即不可以拘以常格，但必与内涵之人品有关。郭若虚曾言："窃观古之奇迹，多轩冕之才贤，岩穴之上士，依仁游艺，探赜钩深，高雅之情，一寄于此。人品既高，气韵不得不高，气韵既高，自不得不生动。"立杨兄之画作，亦俨如其人，具有士大夫安身立命、文以载道之高雅品格，是以能够脱略当今寻常书画家斤斤于名利地位之行迹，纯粹以笔墨寄托其胸臆间磊落之气。

诸如《山川真趣》《大江烟雨》《峡江撷英》《山水清契》《春云似黛》《南溪新霁》《若溪春兴》等作，无不水墨淋漓、浑厚华滋，甫一展观，即令人为之心神畅爽。其中尤以《万里江山图长卷》为白眉翘楚，该卷横四百六十厘米、纵三十五厘米，单就尺幅而论，已然为伟岸雄强之巨作。画面多用水墨渲染，间接施以浅绛着色，笔墨意境则莽莽苍苍、横无际涯，将万里江山之苍茫壮阔和盘托出，可谓今人描绘山水长卷之精品。

立杨兄笔力之浑厚遒健，得益于传统功力浸深，更深层原因，乃观摩古书画名迹稿本多达万幅，故其视野恢宏开阔，眼高手亦高也。立杨兄对中国画史，尤其明清以降士大夫文人画研习用力甚勤，其中对于清末"小四王"（王昱、王愫、王玖、王宸）之技术境界深有体悟。虽非美院艺校一类科班专业出身，却能跳脱学院派范畴之束缚，笔底功夫因之精湛深邃，绝非寻常画家所能企及。

兹举一例说明。自宋元以来，中国画皴法多样，如披麻、斧劈、卷云、雨点、解索、牛毛等，细分不下数十种，争妍竞巧、各逞其能。立杨兄对于皴法颇有心得，在继承习练传统皴法基础上，独辟新境，自拓衢路，研讨摸索出自家独有之皴法——姑且称之为"伍家皴"。其皴法多用枯笔焦墨，如渴骥奔泉、怒猊抉石，气象既苍且润。其行笔布置，瑰丽高寒、各极其致，参差疏密、丹碧掩映，宛如天造地设，不能增减一笔，而皴擦、勾斫、渲染、开阖、隐显、浓淡之法，无一不得古人神髓三昧。此可谓立杨兄"独得之秘"，绝非单纯沿袭模仿某家技法者可与比拟，因而深为画家同道

伍立杨 · 《青山影里》

友人称赏。

其山水画作多喜层峰叠峦、古木苍松之景,点景人物亦生动有致,笔力雄放、气势蓬勃,类乎宋代李成所创枯木寒林图法,气象萧疏散淡,俨然有一种烟林清旷、萧散淡泊之诗境,与画意正相契合融贯,反映出画家期求心志的宁静、精神的超迈,使人与自然在精神上得到美的合一。而其笔墨清逸之气往往又具有上追北宋、下瞰元明文人画的韵致风味。

技法层面创新"伍家皴"之外,立杨兄在题材上的另一项革新——"文意图",亦别开生面,令人耳目一新。传统绘画中的诗意图,自唐宋迄今,成为一独特门类,立杨兄则不惯走寻常路数,翻转"诗意"为"文意",脱略窠臼,创变出奇,非大作手莫能办。所谓唐宋八大家文意图,乃将韩愈《燕喜亭记》、柳宗元《游黄溪记》、欧阳修《醉翁亭记》、苏洵《木假山记》、苏轼《前赤壁赋》、苏辙《黄州快哉亭记》、曾巩《归老桥记》、王安石《游褒禅山记》之传世名文,衍生幻化为苍老郁勃之山水佳境,再加以原文题跋,义与图合为一体,最为识者拍案叹赏。以六尺对开之尺幅,挥洒自如、六法周详,画面结构莽莽苍苍、古趣盎然,大有陆放翁"鸾旗广殿晨排仗,铁马黄河夜踏冰"之磅礴气韵,所谓能于大处见本领,立杨兄得之矣。

此外,单就诗画艺术而论,中国优秀文化传统可从立杨兄笔下涵泳品味而得。尤其是其题画诗词及跋文,自具有一种超绝尘世、游心物外的格调,仿若晋唐遗意。更由于多年来的游历敏悟,深得江山之助,使其每题一幅画作,其上诗文无不随手拈来,且多介乎汉魏六朝之间,谨严闳肆与精丽典则兼而有之,赏心骋怀,皆极高寥。其题款书法多作小行书，魏碑意味甚为浓厚馥郁，姿调跌宕，生趣盎然，也颇得宋四家笔墨妙谛。

甲辰龙年，适为立杨兄六十周甲之岁，于此际举办荣休画展，缅怀过往，用以展望将来，其意至善。我与兄自2004年相识，缔交迄今，整整二十载，立杨兄与我皆生肖属龙，兄则年长我一轮，是为深有机缘。廿年以来，彼此间衡文论艺多有契合处，不独大有吾道不孤之感，且谊在师友之间，深感欣幸。因撰此文，敬贺兄花甲之寿，谨祝笔力益健、巧思迭出，文章著述与书画创作并驾齐驱，弟当乐见赓续有佳作，用伸我辈雅怀！

张　咏（艺术评论家，南通大学生态文学研究所研究员）

甲辰初春于双枇杷馆北窗夜灯下

▲ 伍立杨 · 《云山胜景》

代后记
伍立杨的山水缘

智者乐水，仁者乐山。

这句出自《论语·雍也》的圣人之言，不仅反映了中国古代哲学中"天人合一"的思想，还对智者和仁者的性格特征及其人格美与自然美的对应关系进行了深入阐述，更为重要的还在于，它道出了文人士大夫和自然若即若离的关系，以及以山水自况道德修为的千古意绪。一言以概之，凡以文艺修持为志业者，没有不爱山水的。

伍立杨身兼作家与画家之职，山水在其文艺生命中的重要性自是不言而喻。而梳理其近一个甲子的生命轨迹，便会发现他与山水有着特别的缘分。从古典文学的熏陶到山水翰墨的浸染，再到今日文学与绘画并进的创作格局，他的成就离不开万水千山的滋养，证明奇缘前定洵非虚言。

伍立杨出生于凉山彝族自治州会理市，这里地处蜀地最南端，是攀西核心地带。其东北与东南分接横断山脉和青藏高原的余脉，山峦起伏，河流纵横。这样的山水奇观，不仅为伍立杨的童年和少年时期提供了丰富的地理启蒙，也深刻地影响了他的性格塑造。沿着会理南北穿行，伍立杨领略了螺髻山和牦牛山两大山系的壮丽风光，更通过金沙江和安宁河的流淌，深刻地感受到了水性与地域文化的紧密联系。而山水之间高达三千米的落差，更是让他首次在时空的维度上认识到了人类的渺小，从而萌生了以文艺作品超越这种渺小感、探寻人类存在的哲学思考。

十七岁那年，伍立杨走出大凉山，来到广州，成为中山大学中文系的高才生。和故乡雄奇博大的山水意象不同，南粤的山水因为有厚重的文化积淀而显得绮丽婉约。在广州城区极目远眺，宁静的珠江与秀丽的白云山显然比会理的山水更可亲近，但这样的亲近并未使他欣喜，反而让他有一种失落感。或许是童年至少年时期故乡山水那野性难驯的印象太过深刻，面对眼前的温柔与婉约，他竟有些无所适从。大约这一阶段，他对地理方位上的中国山水有了较为成熟的比较视野，而稍作分离的会理山水，不仅没有被淡化，反而在这样的比较视野中得到进一步强化。在文字和图像里，对会理山水进行"不在场"的心匠意构，为他后来的丹青造化埋下了伏笔。

如果说南粤和会理在地理上同属中国南方，那么北京的生活经历则为伍立杨填补了北地山水认知的空白。在北京工作的十余年间，伍立杨频频登临西山。西山虽属太行山余脉，但气象上已和南粤白云山有了很大不同，"壮丽"之别于"秀丽"，这是比较视野下的第一印象。当他登上海拔2303米的北京第一高峰东灵山后，这种印象得到进一步强化。"壮丽"之外，苍茫劲直的山水奇观也一定震荡了这个素志于文学的作家的心胸。

那段时间，伍立杨足迹遍布各地，他曾穿越巫峡，往返于滇康之间，还曾在江南短暂停留，更涉足岭外之地。这些旅程不仅拓宽了他的视野，更让他修正了心匠意构里的山水印象。因了园林山水造作的别具匠心，又因了宋明士大夫江南隐逸造就的文人山水，此一时期，江南山水的柔美婉约终于合了他的气性，并顺势占了上风。最终，因着安顿一屋烟云的缘故，世纪之交，伍立杨追随东坡之路而安家海南。忽闻海上有仙山，山在虚无缥缈间。天之涯，地之角，茫茫水云之间，突起一座或笋或剑的山峰，其传导的仙道气息，真可与江南的文人卧舟相颉颃。大约这个时期，起源于王维山水画的异趣得以在伍立杨心中形成，同时受到钱锺书先生《中国诗与中国画》的观念熏习，综调南北的山水画理想也一并形成。

如果注意到这个时期的伍立杨实际已经以文史兼容的写作而享誉文坛的事实，我们就会对他早期的山水画"综调南北"的理想报以由衷的激赏。王维所云，"云峰石迹，迥出天机，笔意纵横，参乎造化"，正是伍立杨数十年南北行旅、参乎造化的真实写照。虽然伍立杨没有南宗胜于北宗的偏见，但从艺术修为的接受和消化角度来看，南宗对他的影响显然更为深远，我们从他后期的山水画作品里也能看出这样的端倪。钱锺书先生曾提到，"拘泥着地图、郡县志，太死心眼儿了"。既接受过严格的学术训练，又见识过丰富山水意象的伍立杨，虽然带着会理的乡音，却已经积累了足够综调南北的资源，因此，他断不肯让人对他有

"太死心眼儿了"的认识,他要在地理空间、文艺创作,尤其是山水意境的构建上,混合南北、综调南北。

这种文艺审美的自觉,确实依赖于深厚的古典文学功底,可见诗词和文史的修养在书画中并非附庸,而是构成作品气韵的关键因素,超越于技法之上。若将诗词和文史修养从山水画中抽离,其气质的匮乏将不难预见。继续以钱先生的《中国诗与中国画》为源,假设鲍照的"申黜褒女进,班去赵姬升"和钱起的"竹怜新雨后,山爱夕阳时"代表了南宗,而《邶风·柏舟》中的"我心匪石,不可转也"和左思的"吾爱段干木,偃息藩魏君"代表了北宗,那么吴本泰的"云开巫峡千峰出,路转巴江一字流"(《送人之巴蜀》)和郎士元的"溪上遥闻精舍钟,泊舟微径度深松"(《柏林寺南望》)就是他用来综调南北的。在伍立杨的画作中,禅意这种高深的哲理与世俗生活中的烟火气息高度统一。与其说是他从唐诗宋词中寻求到了绘画创作的灵感,不如说是这些滋养和积淀激发了他借山水画综调南北的雄心。至于韩愈《燕喜亭记》、元好问《临江仙》、柳宗元《游黄溪记》、欧阳修《醉翁亭记》、苏洵《木假山记》、苏轼《前赤壁赋》、苏辙《黄州快哉亭记》、曾巩《归老桥记》、王安石《游褒禅山记》等文意图,更是借古典诗词和散文来综调南北的生动体现。在这些作品里,既可以看到岭南画派的影响,也可以触摸新安画派的神韵,更能看山巴蜀画派对其创作的影响。

若说伍立杨的山水画刻意拟古,却也不尽然。观《滇康小景》《金沙小景》《江村小景》《川江小景》等取意为"小景"的这一类作品,我们不难发现其中充满了当代趣味。以《青山风暖》为例,虽然画风古雅,但画面传达的意境和情感却极具当代性。山水树木、屋宇舟子,无一不是行旅中的即景化来,再看题跋,绝少用五言七言诗句,而多以当代审美的四字题旨,甚至没有题跋,让人以为就是一次生动的写生。另外,伍立杨的山水画少见人物身影,空山、空屋、空舟是常见的意象,即便在《深山访友》这样需要突出人物的画作中,也隐去了人物的踪迹。这种处理方式排除了作为画家的"我"以及意构中的古人,从而让观者的"我"产生了强烈的代入感,以此来让作品完成协和古今的目的。

2016年,伍立杨辞别海南,重返蜀地,山水气象则从他熟悉的雄奇会理转变为幽雅温润的锦城。对他而言,青城山与岷江润蜀无声的山水意象,既熟悉又陌生。会理的山水情愫、北京的山水记忆、江南行旅的山水邂逅以及盛年的南海山水缘分,如今汇聚一堂,形成了他综调南北、协和古今的成都山水情缘。他行旅这一途,实实在在印证了"少不入川,老不出蜀"的谚语。这样的缘分,是自然之成,还是得天所赐,或许只有他自己能够回答。虽然现在离言老尚早,但前六十年积累的山水缘分在成都得到了充分的展现,其老来的山水缘会给我们怎样的惊喜,实在值得期待。

明人董其昌曾言:"画家以天地为师,其次以山川为师,其次以古人为师。故有'不读万卷书,不行万里路,不为画'之语。"伍立杨深谙此句,并将之慎重抄录于画室,以作警醒。他深知,读书万卷、行旅万里之后,他需要在天地和古人之间,与心匠意构的山水再结一段生命和艺术相融合的奇缘。

庞惊涛(作家、书评人)